La Vérité

Lily Chrissie SCOT

A Stéphane, Nathalie, Virginie, Thierry et Danièle à
qui je dédie cette pure fiction…

.

Préface

Quelle science passionnante que la généalogie !

Aussi passionnante qu'inexacte en fait, car quel crédit peut-on réellement apporter aux informations contenues dans les registres d'état-civil ?

Quelle famille ne dissimule pas un secret, une descendance officieuse, non reconnue, cachée, soustraite aux yeux de la morale et du socialement correct ?

De ce fait, peut-on vraiment affirmer savoir d'où l'on vient vraiment ?

Dans la plupart des cas, la question des origines ne se pose pas, on se satisfait de ce que l'on nous désigne comme étant notre famille.

Pour un enfant né sous X cette même question se résume à un grand point d'interrogation ; l'accès à l'information reste difficile même si les choses évoluent. Finalement, où est la vérité ?

Martin Smith, le héros de cette histoire, va chercher la sienne, ce qui l'amènera à remuer un passé que certaines personnes préféreraient laisser enfoui.

Lily C. Scot nous prouve une nouvelle fois que le temps n'est jamais totalement révolu. Laissez-vous guider.

L. Caute – le premier lecteur

LA VERITE

Le pas nonchalant, les épaules affaissées, le regard vide désignaient un homme usé par la vie, ou du moins, las de son quotidien.

Comme tous les matins, il s'était levé, avait mangé à même le plat, un petit-déjeuner qui se composait d'un morceau de poulet et d'un reste de haricots froids.

Il alluma la radio et se laissa choir sur le canapé. C'était une journée comme les autres, vide triste et froide. Rien ne montrait que le printemps était là. Il faisait gris et le vent était glacial.

Martin vivait seul, sans amis, ni ascendance. Il n'avait pas encore trente ans. Il avait toujours connu l'orphelinat, ses règles, son atmosphère feutrée. Cet univers où personne n'était proche. Un lieu où chacun vivait dans son monde ou au sein d'une bande qui cherchait à s'affirmer en martyrisant les plus désorientés.

Les quelques connaissances qu'il avait le quittaient pratiquement aussitôt pour une famille d'accueil, d'où elles ne donnaient plus de nouvelles.

A cette époque, il se retranchait dans sa bulle, se fabriquant un avenir meilleur, plein d'espoir, son monde de futur adulte. Il imaginait son éventuel emploi et la femme avec qui il partagerait sa vie. Il rêvait aussi de ses enfants avec lesquels il composerait un vrai foyer, avec du rire et de la joie au quotidien.

Mais aujourd'hui Martin avait vingt-neuf ans. Depuis plus de dix ans, il se battait contre le chômage, effectuant de petits boulots pour survivre. C'étaient des emplois éphémères qui ne lui donnaient pas l'occasion de tisser des liens.

Il vivait dans un deux-pièces dans le centre d'Enfield, en banlieue nord de Londres, à quatre cents livres par semaine. Ayant peu d'amis, il sortait peu, uniquement pour errer dans les rues. Ses finances ne lui permettaient nullement d'en faire davantage.

Il aimait souvent aller à la bibliothèque municipale, où il se sentait chez lui, un endroit fait de coins et recoins, où il pouvait s'isoler. Il prenait plaisir d'emprunter ces venelles trop étroites pour les voitures. Il avait l'impression de se retrouver dans un labyrinthe. Et surtout, cela lui permettait d'éviter la foule, les boulevards et la circulation.

Il y avait aussi ce parc qui menait à la mairie, avec ses petits ponts, ses canards, sa verdure et son calme. Tout ceci le sécurisait. Lorsqu'il faisait beau, il s'y attardait, s'asseyant dans l'herbe ou sur un banc. Dans ces moments, il se disait que même seul, la vie était belle et sereine. Puis, il poursuivait son chemin par ces petites ruelles calmes qui le conduisaient vers un bâtiment de briques avec des volets rouges. On pouvait voir écrit LIBRARY à la peinture marron.

Il appréciait aussi de s'asseoir sur un des bancs du centre commercial de la ville, où se trouvaient les principaux magasins. De là, il observait la foule. Bien qu'étant anglais, il se sentait différent d'eux, il les trouvait même ridicules. Il avait l'impression qu'ils le faisaient exprès, que chacun était à la recherche du vêtement, de l'objet qui le rendrait le plus excentrique possible.

Le record était détenu par ces vieilles ladies qui le fascinaient tant. Un foulard criard posé d'une drôle de manière sur leur tête ou une paire de lunettes sorties tout droit d'un musée d'art plastique.

Parfois, elles étaient affublées d'une jupe ou d'un chemisier aux tons vifs, ou de chaussettes de couleur orange ou rose, remontées par-dessus le pantalon. À quoi pensaient-elles lorsqu'elles se regardaient dans un miroir, peut-être n'en avaient-elles pas ?

Et pourquoi faisaient-elles de grands gestes distingués avec les bras en se tenant bien droites, la tête haute lorsqu'elles parlaient ?

Dans ces moments, il se mettait à rêver qu'il n'était pas anglais. Que connaissait-il de ses origines ? Rien, ou presque rien. Une femme âgée l'avait trouvé endormi dans son couffin, à la fermeture de son magasin, avec un mot épinglé sur la couverture : « Martin 1960 ».

Toujours allongé sur son canapé, il sentait cette boule qui l'empêchait de respirer, synonyme de l'angoisse de ne pas en savoir davantage. Il regarda sa montre. Il était huit heures quarante. Il avait juste le temps de se rendre à un kilomètre de là pour effectuer un déménagement.

C'était un travail d'une journée, qu'il avait trouvé par l'agence intérim où il était inscrit ; un couple de jeunes mariés, à qui les parents avaient offert une maison à Enfield en guise de cadeau de mariage.

Il empoigna le sandwich qu'il avait préparé, ainsi qu'une bouteille d'eau. Il glissa le tout dans un sac de toile, puis attrapa son blouson avant de refermer violemment la porte derrière lui.

Le froid le saisit dès qu'il arriva sur le trottoir.

- Quelle idée d'aller travailler par un froid pareil ! Pesta-t-il en lui-même, tout en rabattant son col sur ses oreilles.

Il parcourut le chemin à grandes enjambées, le plus rapidement possible, afin de se réchauffer. La maison était facile à repérer, grâce à l'énorme camion de déménagement garé juste devant.

Un jeune homme, habillé d'un costume strict de couleur sombre, gesticulait tout en s'adressant au chauffeur.

- C'est certainement le boss, pensa Martin, encore un nerveux !

Au fur et à mesure qu'il avançait, il commençait à percevoir des éclats de voix.

Le costume sombre :

- Mais votre patron m'avait assuré qu'un seul voyage suffirait !

Le chauffeur descendant de son camion :

- Pas au courant !

Le costume sombre :

- Mais comment arrivez-vous à avoir du travail avec une entreprise aussi mal gérée ? Je vais l'appeler moi, votre patron, et il saura qui je suis ! Le déménagement ne sera jamais fini demain pour l'arrivée de ma femme, alors qu'il me l'avait assuré, je ne... Ah ! C'est sûrement vous, Martin Smith ? Je suis John Harods, vous tombez bien. Commencez à décharger le camion avec le chauffeur. Vous n'aurez qu'à tout mettre dans la pièce principale à gauche en entrant. Il faut faire vite, car le déménageur doit repartir chercher le reste. Ces imbéciles n'ont pas pu charger tout en une fois.

Sur ce, il tourna les talons et s'engouffra dans la maison pour téléphoner à l'entreprise de déménagement. Le chauffeur se tourna vers Martin et lui tendit la main, que ce dernier secoua énergiquement.

- Je m'appelle Mario et celui-là, ce n'est assurément pas un marrant ! Allez viens à l'arrière que je te montre la malle aux trésors…

Martin le suivit. Les meubles étaient anciens, en très excellent état, sûrement de grande valeur, tout comme l'était la maison.

Ils mirent la matinée à tout décharger. Ils étaient ralentis par le poids de certains meubles et par le propriétaire qui examinait ses biens à chaque transport.

Bientôt, le camion put repartir chercher le dernier chargement à Londres. C'était l'heure du déjeuner. Martin en profita pour s'installer sur une marche à l'extérieur, afin de jouir d'un faible rayon de soleil et de pouvoir manger tranquillement.

- Ne restez pas dehors avec ce froid pour manger. Venez plutôt à l'intérieur !

Martin sursauta ; c'était son patron ! Il semblait être redevenu humain. Son visage n'était plus tendu et ses traits s'étaient adoucis. Il souriait même.

- Je vous remercie, mais les pièces sont trop vides pour moi, cela ne me mettrait pas à l'aise pour manger.

- Comme vous voulez, mais j'ai du café français si vous aimez, il est encore tout chaud dans le thermos. C'est ma femme qui l'a préparé.

- C'est très gentil, merci. Vous me faites envie.

Le jeune homme disparut pour réapparaître quelques minutes plus tard avec deux tasses de café fumant.

- Je vous ai mis un sucre, dit-il, lui tendant une tasse.

- Merci.

Ils demeurèrent quelques minutes sans se parler. Le liquide chaud fit du bien à Martin et il ne fut pas long à finir sa tasse.

John fut le premier à rompre le silence :

- Pourriez-vous amener les petits meubles et bibelots dans les pièces que je vais vous montrer, en attendant l'arrivée du camion ?

- Bien sûr, je vous suis.

Ils transportèrent ce qu'il y avait de plus léger dans chacune des pièces.

La maison était immense. Le hall d'entrée communiquait à la fois sur un immense salon, la cuisine, un bureau, un cellier et une salle à manger. L'escalier, quant à lui, menait à trois pièces, toutes avec leur salle de bains.

Il y avait encore un bureau à l'étage et un autre escalier qui menait à deux petites chambres au grenier.

- C'est pour notre femme de chambre et notre homme à tout faire. Bon, je vais vous laisser finir, je dois appeler Helen pour l'avertir du retard avec ce déménagement. Il reste trois petits cartons dans l'entrée à monter dans notre chambre. J'espère voir le camion revenir rapidement.

Sur ces mots, il quitta la pièce, laissant Martin finir de monter les tiroirs de la commode. Le jeune homme commençait à apprécier son patron. Il le trouvait même plutôt sympathique. Malgré son rang, c'était une personne accessible, qui ne jugeait pas les autres selon leur condition.

Il redescendit au rez-de-chaussée et remonta deux des trois cartons. Dans les escaliers, il sentit le dessous prêt à s'effondrer. Il pressa le pas, de peur que ce dernier s'ouvre, tout en écartant bien les mains pour éviter la catastrophe. La boîte tint jusque dans la chambre, pour enfin s'ouvrir, heureusement sur un tas de coussins.

Des livres et des cahiers s'éparpillèrent sur le sol. Martin s'empressa de remettre le carton en état et de tout rassembler. Il tomba sur un album photos, assez ancien qui était entrouvert.

Un tirage en était tombé, une photo en noir et blanc, où l'on pouvait voir deux jeunes enfants se baignant dans une grande bassine en fer. Ils avaient tous les deux les cheveux blonds, frisés et devaient avoir environ un an.

Il retourna le cliché où était noté « Helen et Harry, 1961 ».

Martin sourit.

C'était sa patronne en tenue d'Eve qu'il avait sous les yeux, et le petit garçon devait être son frère. Il remit tout en place dans le carton, et repartit chercher le dernier.

Lorsqu'il arriva au rez-de-chaussée, John Harods était là, faisant les cent pas.

Il semblait enragé.

- Quelque chose ne va pas ? demanda Martin.

- Je viens d'avoir le chauffeur du camion au téléphone. Il ne pense pas être là avant dix-sept heures. Il m'a annoncé que justement sa journée s'achevait à cet horaire. Je suis furieux. Ils me mettent devant le fait accompli. Les délais ne sont aucunement tenus et ma femme arrive demain. Vous comprenez, elle attend un enfant et… et sa grossesse se passe plutôt mal. Il lui faut beaucoup de repos.

- Me coucher tard ne me fait pas peur, si vous arrivez à obtenir du chauffeur qu'il laisse le véhicule ici, je peux rester avec vous pour le décharger.

- Je ne sais pas comment vous remercier. C'est vraiment aimable de votre part. Je vais me charger d'appeler le transporteur et demander à Robert de venir. C'est notre homme à tout faire. À nous trois, nous allons faire du bon travail. Il y aura aussi Ann, notre femme de chambre afin qu'elle range tous nos effets personnels. Pendant ce temps, faites-vous chauffer un café dans la cuisine, vous méritez une bonne pause.

Martin lui adressa un sourire et tourna les talons, avant de se rétracter :

- Martin ?

- Oui ?

- Merci encore, vous m'enlevez une épine du pied.

II

- Martin, je vous présente Ann et Robert, nos employés. Ma femme Helen et moi-même les apprécions vivement.

Puis s'adressant au chauffeur du camion :

- Robert va vous ramener avec ma voiture. Vous pourrez venir chercher le véhicule demain dès la première heure. Merci encore.

Sur ce, il tendit un trousseau de clés à son employé et tourna les talons en direction de la maison, pendant que, de leur côté, les deux hommes s'éloignaient en direction de la voiture.

Une voix féminine s'adressa à Martin.

- Eh bien, il me semble que nous allons avoir beaucoup de travail !

Surpris, Martin se retourna. Ann lui souriait. Elle portait un panier recouvert d'une serviette. Elle continua :

- C'est notre repas ! Lui lança-t-elle. Parce que moi le ventre vide, je ne vaux pas grand-chose ! Remarquez parfois le ventre plein aussi... Je plaisante ! Allez, je vais nous concocter quelque chose de bon.

Et c'est d'un pas léger qu'elle monta les marches du perron, laissant Martin pantois, sur le trottoir. Ce dernier se sentit tout à coup amoureux, en observant ce corps svelte qui se mouvait avec souplesse. Il se ressaisit et se dirigea vers l'arrière du camion afin de commencer à décharger ce qui était à sa portée.

Lorsque Robert revint, le repas et la table étaient prêts. Martin se servit avec grand appétit. Ann était toujours joviale. Il la trouvait de plus en plus agréable. Robert s'était assis, sans dire un mot.

- *Il est peut-être muet celui-là*, pensa le jeune homme.

Puis s'adressant à Ann :

- Monsieur Harods ne mange pas ?

- Je lui ai apporté un sandwich dans le bureau. Il est tracassé par ce déménagement. De toutes les façons, nous ne partageons jamais la même table, mon cher Martin.

Ces derniers mots furent prononcés sur un ton hautain, ce qui la fit rire.

- Il a l'air gentil !

- Oui, c'est le genre à aimer son prochain. En tout cas, moi, je ne m'en plains pas, ni de sa femme d'ailleurs. Tous les deux, ils s'adorent. Je les trouve si bien accordés, n'est-ce pas Robert ?

- Ouais, ouais !

- *Tiens, il parle*, pensa Martin.

- Robert travaille pour la famille de Madame Harods depuis plus de vingt-cinq ans. Il a connu Madame toute petite. Il paraît que c'était une chipie. C'est difficile à croire lorsqu'on la voit maintenant. Elle est calme et très ordonnée. Parfois, elle reste des heures seule, sans voir personne, ni parler à qui que ce soit. Dans ces moments, elle est d'une grande tristesse. Je ne la comprends pas, car elle a vraiment tout pour être heureuse… Bon, ce n'est pas tout ! Qui veut que je le resserve ?

Martin posa ses mains sur son ventre et lui répondit :

- Non merci ! C'est très bon. Mon estomac est plein. Je crois que j'ai abusé. De plus, le travail nous attend.

- Il a raison, lança Robert en se levant. Merci Ann, c'était vraiment délicieux, comme d'habitude.

- Hypocrite, c'est parce que tu avais le ventre creux, lui répondit-elle tout en commençant à débarrasser la table.

Robert et Martin s'affairèrent à descendre les gros meubles.

John Harods vint les rejoindre et, en moins de deux heures, le contenu du camion fut déchargé. Au fur et à mesure qu'ils installaient le mobilier dans chacune des pièces, Ann remplissait les tiroirs et les étagères.

Vers minuit, la maison avait pris un aspect habitable. Tous avaient les traits tirés par la fatigue, mais malgré cela, le travail s'était effectué dans la bonne humeur.

- Je crois que nous méritons une bonne nuit de sommeil, annonça John Harods. Martin, cela me ferait plaisir que vous dormiez ici cette nuit. Il est tard. Nous finirons demain, si personne ne vous attend, bien entendu.

- Je ne voudrais pas abuser et je vis près d'ici.

- Ne vous inquiétez aucunement, il y a de la place pour tout le monde. Les chambres ne manquent pas. Ann vous donnera des serviettes de toilette. Je serai peiné de vous voir partir à cette heure. Je suis sûr que vous êtes éreinté.

- Merci, alors j'accepte !

- Bon, eh bien moi, je vous souhaite une excellente nuit. À demain.

- A vous aussi, Monsieur Harods ! Répondirent-ils tous les trois en chœur.

Puis aussitôt, Ann ordonna :

- Suis-moi, Martin ! Je vais te montrer où tu vas dormir. Bonne nuit Robert.

- 'Nuit !

Martin trouva sa chambre immense, beaucoup plus grande que son studio. Il était content de ne pas rentrer chez lui, et se retrouver seul. Il était heureux d'être avec des gens agréables et… Ann.

Il l'aida à faire le lit.

- Tu trouveras un pyjama dans le premier tiroir de la commode et une robe de chambre accrochée derrière la porte de la salle de bains. Nous nous levons tous à sept heures.

- Merci… Cela fait longtemps que tu travailles pour eux ?

- Oh, eh bien, un peu plus d'un an et demi. C'était juste après leur mariage. Et je suis bien avec eux. Ils sont très gentils, je les adore. Cependant, quelques fois je les trouve mystérieux.

- Comment cela ?

- Eh bien, par exemple, un jour, je suis tombée sur un cliché d'Helen enfant. Il y avait un petit garçon aussi.

- C'est marrant, je l'ai vu moi aussi !

- Ah ! Eh bien, cette photo, c'est la seule qui ne soit pas rangée. Je connais Madame et son ordre. Cela m'a étonnée. C'est la seule avec ce petit garçon d'ailleurs, aussi, j'ai cru que c'était son frère. Et pourtant, Robert m'a confirmée qu'elle est fille unique.

- Et alors, c'est peut-être un cousin ou un voisin, qu'est-ce qu'il y a d'intrigant ?

- Je ne sais pas, mais lorsque je l'ai demandé à Madame Harods, elle est devenue blême et elle a quitté la pièce rapidement avec la photo. Moi, j'en conclus que cela devait être son frère et qu'il est certainement décédé très jeune, et que personne ne veut se souvenir. Tu vois, j'adore les familles et leurs mystères. Dans celle-ci, il doit y en avoir un, alors je joue les détectives.

- La perte d'un frère n'a rien de mystérieux !

- Ce n'est qu'une supposition. Peut-être que cela cache quelque chose de plus profond. Pourquoi n'avoir qu'une seule photo de lui et ne pas la ranger avec les autres ? Et après tant d'années, pourquoi ne pas pouvoir en parler plutôt que de blêmir et de s'enfuir avec ? Et puis, il y a ces moments où je la sens si triste et lointaine…

- Je crois surtout que tu te bâtis un roman pour ton plaisir. Peut-être ne souhaitait-elle pas te raconter sa vie tout simplement ?

- Peut-être. Et toi, as-tu des frères et sœurs ?

À cette question, Martin baissa la tête avant de répondre :

- Non, et je n'ai pas envie d'en parler ce soir.

Ann sourit :

- Encore un mystère à élucider, on dirait ! Je ne rencontre que des gens passionnants. Bon, je vais te laisser dormir, bonne nuit.

- Bonne nuit et merci.

Martin la regarda s'éloigner. Elle paraissait être une femme-enfant, croquant la vie à pleines dents.

Il prit une douche, qui lui fit le plus grand bien, avant de s'enfoncer dans un lit extrêmement douillet.

Il s'endormit en pensant à sa journée, sa rencontre avec Ann et leur conversation.

Le sommeil le gagna très rapidement.

III

Martin ouvrit les yeux. Malgré d'épais rideaux, la lumière du jour pénétrait dans la pièce. Quelqu'un tambourinait à la porte de sa chambre, et une voix féminine se fit entendre :

- Le petit-déjeuner t'attend dans la cuisine, tout le monde est levé, tu es le dernier.

- Quelle heure est-il ?

- Il est presque huit heures, presse-toi !

Martin s'étira et regarda autour de lui. Malgré quelques cartons empilés dans un coin, la pièce était bien rangée et chaque meuble était à sa place. En peu de temps, il rejoignit Ann et Robert qui finissaient de déjeuner.

- Enfin, te voilà ! Le thé est chaud et les toasts sont sur la table. Moi, je file. Il faut finir ce matin, lui lança Ann, d'un ton autoritaire.

Peu de temps après Martin accompagna Robert pour l'aider à monter les meubles qui étaient restés dans le hall d'entrée. Ils travaillèrent dur toute la matinée sans faire de pauses. Midi n'avait pas encore sonné que chaque chose était en place. Ils se retrouvèrent tous les trois devant une tasse de thé dans la cuisine.

- Où est Monsieur Harods ? Je ne l'ai pas vu de la matinée, s'enquit Martin.

- Il est parti tôt ce matin afin de retrouver sa femme à Londres. Ils arriveront tous les deux à treize heures, lui répondit Ann. Je suis contente que tout soit fini à temps. Quelqu'un veut un sandwich ? Parce que moi, je meurs de faim !

Ils mangèrent avec appétit et la conversation allait bon train. Martin se sentait bien. Même Robert, malgré son air taciturne et sérieux, lui était sympathique.

En dépit du temps maussade, la journée lui semblait belle.

À la fin du repas, il décida de faire un tour dans la maison afin de voir à quoi ressemblait chaque pièce une fois meublée. Il avait l'impression que chaque objet avait été créé pour cette maison, tout s'y accordait si bien. Il se trouvait dans le salon lorsque des pas feutrés le firent se retourner.

Elle était là, devant lui, le sourire aux lèvres, et pourtant, de son regard émanait une certaine tristesse.

Elle était belle avec ses longs cheveux châtains et une peau très pâle, ce qui lui donnait un air fragile. Martin ne put détacher son regard de cette femme.

- Bonjour ! Je suppose que vous êtes Martin Smith. Je vous suis très reconnaissante pour tout ce que vous avez fait pour nous. Mon mari m'a tant parler de vous en termes élogieux.

- Merci, mais…

Il n'eut pas le temps de finir sa phrase, car la jeune femme venait de repartir. Il resta pensif. Ann avait raison, elle reflétait quelque chose de mystérieux.

Pourtant, il avait l'impression de la connaître, d'en être très proche. Il resta ainsi, immobile une dizaine de secondes avant de se ressaisir. Son travail était fini, il alla trouver Monsieur Harods dans son bureau. Ce dernier était en train d'y ranger des livres. Il sourit à la vue de Martin.

- Ah ! Tenez, voici votre enveloppe et croyez-moi, si j'ai encore besoin de quelqu'un, je ferai appel à vous. Encore merci.

Tout en achevant sa phrase, il lui empoigna la main et la serra chaleureusement. Le jeune homme le remercia et prit congé. Il salua Robert qui se trouvait dans le hall et prit la direction de la cuisine où se tenait Ann.

- Alors, tu nous quittes, je t'avoue que cela me fait de la peine. Mais je comprends aussi.

Tu dois être heureux de retrouver les tiens.

- Famille ou autres, je n'en ai pas. Je vis seul et j'ai été élevé dans un orphelinat.

Il débita ces mots d'une traite laissant Ann éberluée par une réponse à laquelle elle ne s'attendait nullement.

- Nous avons un point commun. Moi aussi, je suis orpheline. Le pire est que je ne connais même pas le nom de mes parents. Et pour ce qui est des amis, depuis que je travaille ici, je ne vois plus personne. Je ne sors jamais.

- Ils ne te laissent pas de liberté ?

- Oh si ! Je peux sortir autant que je veux ! Mais je suis bien avec eux, c'est comme une nouvelle famille.

- Et si je t'invite un soir ? s'entendit-il dire.

À sa grande surprise, la réponse fut spontanée.

- Pourquoi pas ? Dis-moi ton jour.

- Il y a un concert demain soir dans un pub pas très loin d'ici. Je passe te chercher vers vingt heures ?

- Ok, alors je te dis à demain soir, dit-elle en lui tendant la main.

Satisfait, Martin se dirigea vers la porte, lorsque son regard se porta en haut des escaliers. Il y aperçut Helen, la maîtresse des lieux en train de l'observer. Celle-ci, surprise d'avoir été vue, s'éclipsa dans une des chambres.

Intrigué, il attendit et finit par sortir de la

maison.

Le lendemain soir, il se présenta à la porte des Harods. La maison était paisible.

Vêtue de son manteau, Ann vint lui ouvrir et ils partirent aussitôt.

Se connaissant pourtant à peine, ils se comportèrent comme de vieux amis. Ils consacrèrent la soirée à bavarder et à rire, et tard dans la nuit, Martin la raccompagna.

- Tu sais, en fin de compte, j'avais oublié combien c'était agréable de sortir. Je te remercie pour cette soirée.

- Moi aussi, cela m'a fait du bien. Et tes patrons, ils ne vont rien dire de rentrer tard ?

- Non, ils étaient plutôt contents quand ils ont appris que je sortais en ta compagnie. Ils t'aiment beaucoup, même Madame Harods m'a posé des questions à ton sujet. Au début, cela m'a paru bizarre. Mais, elle m'a simplement dit vouloir en savoir plus sur toi pour un éventuel emploi.

- Et que voulait-elle connaître ?

- Surtout tes origines, tes parents, bien qu'elle sache que toi aussi, tu es orphelin.

- Comment l'a-t-elle su ? s'exclama Martin.

- Ils se renseignent sur tous les gens qui viennent travailler, même une seule journée. Vu leur niveau social, ils n'éprouvent aucune difculté à collecter les renseignements. Ils connaissent beaucoup de monde.

Martin se sentit trahi et terriblement vexé.

- Dans ce cas, je ne vais rien leur apprendre de plus. Ils doivent connaître tous les détails de ma vie. Si ce n'est pas le cas, ils n'ont qu'à s'adresser à leurs amis.

- Ne le prends pas comme ça. Ce n'est en rien de l'espionnage, ils se renseignent surtout sur la moralité des personnes qu'ils engagent. Peu leur importe le reste. C'est une famille aisée et c'est quand même normal qu'ils se méfient. Allez, arrête de faire la moue. Si tu te voyais, tu aurais envie de rire avec moi !

Bientôt, ils arrivèrent devant la maison des Harods. Tout était éteint.

Martin avait retrouvé sa bonne humeur. Il était temps de se dire au revoir. Pourtant, ni l'un ni l'autre n'avait envie que cette soirée se termine.

- Si tu veux recommencer, tu m'appelles quand tu en as envie, commença Ann… Qu'est-ce que tu regardes ?

- La maison. Je la découvre impressionnante de nuit, je dirais même lugubre, tu ne trouves pas ?

- Peut-être, mais je peux te rassurer, je n'ai rencontré aucun fantôme depuis que j'y suis. A part éventuellement celui de Madame Harods.

- Que veux-tu dire encore ?

- Depuis son arrivée, je la trouve plutôt distante ; elle s'isole de plus en plus. Je veux bien mettre certaines choses sur le compte de la grossesse, mais quand même.

- Accorde-lui le temps ! Elle n'est arrivée que depuis hier. Mais puisque tu en parles, il y a quand même quelque chose qui me tracasse.

- Quoi donc ?

- Eh bien, ils attendent un enfant et je n'ai pas vu une seule pièce prévue à cet effet. Toutes les chambres sont meublées. Cela ne me donne pas l'impression qu'il y en ait une qui soit réservée pour un bébé.

- Tu viens de le dire. Ils ne sont là que depuis peu, laisse-leur le temps. Et puis elle n'en est qu'à son troisième mois de grossesse. Tu deviens comme moi, tu cherches le mystère partout.

- Tu as raison, tu exercer une mauvaise influence sur moi. Il vaut mieux que je rentre chez moi avant que cela ne devienne plus grave.

Ann se mit à rire, puis d'un signe de la main en guise d'au revoir, elle se dirigea vers la porte d'entrée. Son sourire, lorsqu'elle se retourna, fut le dernier souvenir agréable que Martin emporta d'elle ce soir-là.

Alors qu'il s'apprêtait à partir, son regard se porta sur les fenêtres du premier étage. Quelqu'un le surveillait, il distinguait une ombre derrière le rideau. Elle disparut presque aussitôt.

- La maison des mystères, susurra-t-il en lui-même.

Et haussant les épaules, il s'en retourna.

Il fit quelques pas, hésita et finit par se retourner, comme pour vérifier qu'il n'avait pas rêvé. Seule, la chambre de la jeune fille était éclairée.

Il haussa de nouveau les épaules et poursuivit sa route.

Maintenant qu'Ann était rentrée, il n'avait qu'une seule envie : aller se coucher et échapper au froid de cette nuit de printemps.

IV

La sonnerie du téléphone retentit dans son rêve. Martin ouvrit les yeux et regarda l'heure. Il était tout juste huit heures. Jamais il n'arriverait à faire une grasse matinée.

Il décida de ne pas répondre, et cala sa tête dans son oreiller. La sonnerie s'arrêta, pour reprendre de plus belle quelques secondes après.

Le jeune homme se leva d'un bond et répondit fermement à l'appel.

- Allô ! Ici, Martin Smith. Parlez !

- Pardonnez-moi de vous avoir réveillé, Martin. Ici John Harods.

- Oh, Monsieur Harods, pardonnez-moi. Je ne voulais pas être impoli. Je ne m'y attendais pas. Que puis-je faire pour vous ?

- J'aurais aimé que vous passiez me voir ce matin. J'aurai une proposition à vous faire ; si cela vous intéresse, bien sûr.

- Je peux être là dans environ une heure !

- C'est parfait, je vous attends. À tout à l'heure !

Il raccrocha. Martin repensa à ce que lui avait raconté Ann au sujet de leur intention de l'employer.

Cette idée lui redonna du courage. C'est en fredonnant qu'il se prépara. Il ne prit pas la peine de déjeuner tant il avait hâte de rencontrer John Harods.

Comme pour accompagner sa joie, le soleil brillait dehors. Il faisait même plutôt bon, pour une heure aussi matinale. En peu de temps, il se retrouva devant la maison de ses futurs employeurs.

C'est Monsieur Harods lui-même qui vint lui ouvrir, prétextant que tout le monde était parti vaquer à ses occupations à l'extérieur.

- Comme ça, nous serons plus tranquilles pour bavarder. Venez dans mon bureau. Vous connaissez le chemin. Allez-y et installez-vous. Moi, je vais nous préparer du thé. J'arrive immédiatement, un sucre, je crois ?

- Oui, merci, répondit Martin.

Il pénétra dans la pièce. D'immenses étagères remplies de livres ornaient les murs. Les rideaux étaient tirés et une lampe d'appoint dans un coin fournissait le seul éclairage.

Cela donnait à la pièce une atmosphère feutrée. Deux fauteuils en cuir se trouvaient devant le bureau, et Martin prit place dans l'un d'eux.

Devant lui s'étalaient des piles de feuilles de papier, des dossiers, des classeurs éparpillés sur toute la surface. Ses yeux se portèrent sur un album photos, posé sur le meuble près de lui où l'on pouvait lire « ma sœur Helen, John ». Toutes sortes d'idées vinrent à l'esprit du jeune homme.

- John et Helen Harods sont frère et sœur. Voilà qui justifierait le silence sur cette fameuse photo. Cet enfant qu'elle porte n'est pas la cause de son état de santé. C'est l'idée de savoir que c'est celui de son frère qui la rend malade. Il faut à tout prix que je fasse part de ma découverte à Ann.

Et Robert doit être au courant. John et Helen doivent avoir une telle confiance en cet être taciturne.

Le grincement de la porte du bureau le fit sortir de ses pensées, et il se leva de son siège.

C'était Monsieur Harods tenant un plateau, suivi de sa femme. Elle prétexta avoir besoin de certains documents, ne voulant pas perturber leur entrevue. Elle se tenait derrière le bureau à côté de John.

Martin les scrutait discrètement. Il leur trouva des traits de ressemblance, ils devaient avoir approximativement le même âge. Peut-être étaient-ils jumeaux ?

Helen attrapa un dossier, puis sortit. Sans dire un mot, John versa du thé dans deux tasses et en tendit une à Martin avant de s'asseoir. Il appliqua ses mains sur son visage, comme en signe de fatigue et le regarda droit dans les yeux avant de parler.

- Voilà. Je vais être direct. Nous aimerions que vous deveniez notre employé. Votre travail serait de vous occuper de l'entretien du jardinet à l'arrière de la maison. Il y a aussi la pelouse qui se trouve devant. Quelques travaux de réparation se présenteraient. Je dirai du style un peu de peinture, d'électricité et autres dépannages de ce genre. Possédez-vous ces compétences ?

Martin répondit par un signe de tête affirmatif.

John continua :

- Accepteriez-vous de nous accorder quelques heures dans la journée, selon les tâches qui se présenteront, à l'équivalence de 40 livres horaire. Cela s'entend, les repas sont compris. Ce poste, vous conviendrait-il ?

Martin pensait que l'offre était plus que raisonnable, une aubaine même. Mais à la fois, il était écœuré de ce qu'il venait de découvrir, et ne savait plus que croire. Il fallait à tout prix qu'il voit Ann pour apaiser sa conscience.

Il s'entendit répondre.

- Puis-je réfléchir avant de vous donner ma

réponse ?

John ne dissimula pas son étonnement, ni sa déception. Après une minute d'hésitation, il demanda :

- Combien de temps vous faut-il ? J'ai besoin de quelqu'un le plus rapidement possible pour remettre le jardin en état. Il y a aussi quelques imperfections que nous avons remarquées depuis notre arrivée.

- Je vous assure une réponse pour ce soir.

À ces mots, John Harods se leva en lui tendant la main, ce qui signifiait que la conversation était close. Son attitude laissait paraître qu'il ne s'attendait nullement à une répartie semblable. Il en était visiblement irrité et ne faisait rien pour le cacher.

Martin referma la porte du bureau derrière lui, au moment même où Ann revenait des courses.

- Bonjour Martin ! Alors, de bonnes nouvelles, j'espère ?

Pour toute réponse, Martin l'entraîna dans la cuisine en fermant la porte derrière lui.

- Tu ne pouvais pas mieux tomber. Je voulais précisément te voir. Ton mystère est résolu.

Ann écarquilla les yeux.

Où voulait-il en venir ? Pourquoi était-il si excité et énervé à la fois ?

Il continua, parlant d'une traite.

- Non seulement Monsieur et Madame Harods sont mari et femme, mais ils sont aussi frère et sœur !

- Que me racontes-tu ? C'est une blague ?

- Non, je suis sérieux. Sur les photos, ce sont certainement eux. Je comprends pourquoi Madame Harods nie l'existence d'un frère. On qualifie cela d'inceste. C'est aussi bien interdit par la loi que par la moralité. Surtout, lorsque l'on sait qu'il y a un enfant issu de cette union. Et ton Robert, il est dans le secret lui aussi, bien sûr !

- J'ai du mal à te suivre. D'où tiens-tu cela ?

Martin lui raconta sa découverte dans le bureau.

À sa grande surprise, Ann éclata de rire, l'empêchant d'articuler le moindre mot. Le jeune homme la regarda, hébété, ne comprenant rien. Il attendit qu'elle se soit calmée.

Elle le considéra tendrement, de la même façon qu'une mère observe son enfant. Elle lui dit, se retenant de rire.

-Tu es adorable et je t'ai emmené trop loin dans mes histoires. Je ne pensais pas que tu avais une imagination aussi débordante. Effectivement, Monsieur Harods a un album avec des photos de sa sœur Helen, car il en a tout simplement une portant ce prénom. Elle ne ressemble en rien à Madame. D'ailleurs, elle leur rend visite régulièrement.

Elle éclata à nouveau de rire. Martin se sentait honteux de ne pas avoir réfléchi davantage et d'avoir laissé libre cours à son imagination.

Il se sentait ridicule d'avoir parlé à Ann, et stupide d'avoir ainsi repoussé l'offre de John Harods. Comment avait-il pu faire preuve d'un comportement aussi suspicieux et idiot. Ann semblait comprendre son malaise.

Elle lui dit :

- C'est entièrement ma faute. Je t'ai entraîné dans mes histoires. C'est à moi de me sentir coupable. Pour me faire pardonner, je vais te préparer du thé. Je suis vraiment ravie de te voir ici et en plus, je veux que tu me racontes ton entretien avec le patron.

- Il me propose quelques heures de travail par jour. Je lui adresserai ma réponse ce soir, mais maintenant, je sais que je vais accepter. Son offre est plus qu'alléchante ! Enfin, s'il veut toujours de moi...

- Certainement et j'en suis vraiment très heureuse. Je reste certaine que Robert, toi et moi, nous formerons une bonne...

Elle n'eut pas le temps de finir sa phrase, qu'un cri retentit. Ils quittèrent la cuisine et virent Monsieur Harods sur le palier de l'étage, complètement affolé.

- Ann, appelez vite les secours ! Ma femme est en train de faire une fausse-couche ! Elle perd du sang !

Et il disparut aussitôt.

L'ambulance arriva rapidement. Deux infirmiers et un médecin se montèrent à l'étage, guidés par Ann. Elle ressortit de la chambre pendant que Martin attendait dans le hall, faisant les cent pas.

Il l'observa descendre les marches. Elle était livide, le regard perdu. Lorsqu'elle arriva à sa hauteur, il saisit ses mains dans les siennes. Elles étaient froides.

- Cela ira ?

- Elle est allongée, là-haut et ne dit rien. Son visage n'indique aucune souffrance. On a l'impression qu'elle ne sent rien. Elle est ailleurs et ne réalise même pas qu'elle est en train de perdre son enfant. Son regard est vide. Je ne comprends pas. Et Monsieur Harods qui tourne en rond en répétant « pourquoi ? ».

Au même moment, les brancardiers arrivèrent à leur hauteur, suivis de John qui était complètement affolé et effrayé. Il tenait la main de sa femme. Comme l'avait décrit Ann, elle restait immobile, le regard dans le vide. On l'aurait cru morte. Les brancardiers l'emportèrent dans l'ambulance.

Une minute plus tard, la maison redevint calme. Les deux jeunes gens se retrouvèrent dans la cuisine.

Ann ne cachait pas son anxiété :

- Monsieur Harods a dit au médecin que sa femme était tombée sur le ventre contre un coin de meuble. Elle s'est pris le pied dans le tapis. C'est affreux ! Lui qui se réjouissait d'avoir cet enfant ! Et Madame, va-t-elle s'en sortir ?

- Il n'y a pas de raison, les secours sont arrivés rapidement, furent les seuls mots que Martin trouva à répondre pour calmer l'anxiété d'Ann.

- Quel drame mon Dieu, ils n'avaient pas besoin de cela.

- Ressaisis-toi ! Le principal est que Madame Harods se rétablisse et que le cours de la vie reprenne au plus vite.

- Si Helen se rétablit vite bien sûr. Mais c'est aussi au sujet de John que je m'inquiète. Moralement, il s'en remettra très mal. Il tenait tellement à avoir cet enfant. Il faisait tout son possible pour ménager sa femme et créer les meilleures conditions pour que tout aille pour le mieux, alors qu'elle... Enfin, je veux dire que j'ai l'impression qu'elle n'en voulait pas de cet enfant. Une nuit, je les ai entendus se disputer. Elle parlait de se faire avorter, qu'elle voulait oublier, que sa vie avait été un enfer et qu'elle refusait de revivre son passé dans l'avenir.

- Je commence à comprendre pourquoi tu les trouves mystérieux.

- Je les adore tous les deux, mais en vivant avec eux, je me suis rendue compte que derrière ce couple se renferment de nombreux secrets. C'est comme lorsqu'ils sont partis en voyage, il y a approximativement trois mois. Ils sont revenus quelques jours avant la date prévue. Je n'ai même pas vu Madame. Elle est restée enfermée dans sa chambre pendant deux semaines. C'est lui qui lui montait ses repas. Et puis un beau jour, elle est sortie naturellement et la vie a repris.

Ann s'interrompit, laissant place au silence. Elle était perdue dans ses réflexions.

Puis comme si elle revenait à elle :

- J'espère qu'Helen va s'en sortir. Si je pouvais obtenir des nouvelles !

- Tu veux que je reste avec toi ?

- Non, c'est aimable. Rentre chez toi. Dès que j'en sais plus, je t'appelle. C'est promis ! Et lorsque je sentirai l'occasion, j'annoncerai à Monsieur Harods que tu acceptes son offre. Ce sera une bonne nouvelle pour lui.

Martin quitta Ann avec regret ; elle semblait si abattue par les événements. En marchant, il pensa aux confidences de la jeune fille. Il se dit que derrière chaque famille, aussi fortunée et heureuse qu'elle puisse paraître, se cache une tourmente. Personne ne pouvait y échapper. C'était la complexité humaine.

Il passa le reste de la journée à regarder le téléphone, de peur de manquer l'appel. Bien qu'il connût peu le couple, il se sentait chagriné par ce qu'il venait de vivre. Ce n'est que vers dix-huit heures que la sonnerie retentit enfin.

Au grand étonnement de Martin, John Harods était à l'autre bout du fil :

- Je tenais à vous annoncer moi-même que ma femme allait bien. Ils vont la garder toute la semaine, car il lui faut énormément de repos.

Un silence se fit, puis il continua :

- Ann m'a appris que mon offre vous intéressait et j'en suis sincèrement heureux. Pouvez-vous commencer à ranger le jardin pour le retour de mon épouse. Je veux lui réserver la surprise. Nous approchons des jours ensoleillés. Nous sommes quand même en avril. Ainsi, elle pourra se reposer à l'extérieur et profiter de la verdure.

- Votre heure sera la mienne, Monsieur Harods !

- Eh bien, disons à neuf heures demain matin. J'aurai le temps de vous indiquer comment j'aimerais que vous arrangiez le jardin. Faîtes l'inventaire de tout ce dont vous aurez besoin, Robert ira l'acheter. Je suis extrêmement content que vous ayez accepté.

Il raccrocha.

V

Les jours se succédèrent. Martin mit tout son cœur à l'ouvrage. Il arracha les mauvaises herbes, retourna le sol des parterres de fleurs. Il ratissa les cailloux de l'allée, carrela le coin de la table de jardin et nettoya le bassin.

Il mangeait avec Ann et Robert. Personne dans la maison ne reparlait de l'accident.

Le samedi suivant, Martin profita d'une journée ensoleillée pour travailler dehors. Il avait fini de nettoyer le jardin et décida de couper les haies devant la maison.

De nombreux voisins en faisaient de même ou profitaient du beau temps pour laver leurs voitures.

La rue était très animée et le jeune homme, pris par son travail, n'entendit pas la voiture de

Monsieur Harods se garer.

Il fut donc surpris de voir Helen en haut des marches du perron, l'observant. Il lui adressa un signe discret de la tête pour la saluer. Elle était encore très pâle. Elle lui rendit son geste et entra aussitôt dans la demeure.

Le jeune homme ne la vit pas le reste de la journée et n'eut des nouvelles que par Ann.

Son travail terminé, il rentra chez lui et passa toute la journée du dimanche à regarder la télévision. Le lendemain matin, il se rendit à nouveau chez la famille Harods.

Lorsqu'il arriva au bout de la rue, il aperçut une voiture de police garée juste devant la maison.

Il accéléra le pas, le cœur battant, inquiet pour Ann mais aussi pour Helen. Il devait bien se l'avouer, cette femme le fascinait. Calme, distante et mystérieuse, elle dégageait un grand charme et beaucoup de charisme.

Il arriva presque en courant et, la première personne qu'il rencontra dans le hall fut Ann, soulagée de le voir.

- Oh Martin ! Si tu savais la nuit que nous avons eue !

- Que s'est-il passé ? Où sont Monsieur et Madame Harods ?

- Ils sont dans le bureau avec les policiers. Quelqu'un a essayé de pénétrer dans la maison par la fenêtre de la chambre de Monsieur et Madame.

- Mais elle est située au premier étage et difficile d'accès.

- Il semblerait que le voleur soit monté par la vigne vierge qui grimpe tout le long du mur. Pauvre Helen, ce n'était assurément pas le moment ! Elle a eu très peur. Elle dormait et avait laissé la fenêtre entrouverte, car elle ne se sentait pas trop bien. Monsieur Harods était dans son bureau au rez-de-chaussée et Robert était sorti. Helen s'est réveillée au moment où le voleur enjambait la fenêtre. Elle a hurlé, ce qui a fait fuir l'homme. Oh mon Dieu ! Elle a eu très peur au point qu'il a fallu appeler un médecin. Avec Monsieur Harods, nous avons passé une partie de la nuit à la veiller. Heureusement, elle va beaucoup mieux ce matin. Elle semble avoir repris ses esprits.

Au même moment, les policiers sortirent du bureau, suivis d'Helen et de John. Alors que ce dernier les raccompagnait à la porte, Helen s'arrêta à la hauteur de Martin.

- Je suppose qu'Ann vous a tout raconté, aussi, j'aimerais que vous coupiez la vigne vierge. Je veux être tranquille.

- Je comprends. Je vais le faire immédiatement.

Martin s'exécuta et entama un travail qui lui prit toute la matinée. La vigne était vieille, sûrement de l'âge de la maison et le tronc était très imposant. Il dut utiliser une tronçonneuse.

Il passa l'après-midi à rassembler les

morceaux coupés pour les brûler au fond du jardin. Il y fut rejoint par Helen qui vint constater le résultat de son travail.

- Je suis ravie de ce que vous avez fait. Lorsque l'on a une demeure comme la nôtre, il faut s'attendre à ce genre de choses, il y a beaucoup de tentations. Heureusement, tout s'est bien terminé et nous allons installer une alarme. Je serai encore plus sereine.

- Vous avez dû avoir très peur !

- Oui, cela m'a beaucoup secouée, je le reconnais, mais maintenant, j'ai repris le dessus. Mais parlons de vous. Est-ce que vous vous plaisez chez nous ?

Elle prononça ces derniers mots avec un sourire qui n'enlevait rien à son charme, bien au contraire. Ils discutèrent ainsi pendant une heure. Martin découvrait peu à peu une femme très douce, sensible, très intelligente, capable de tenir une conversation sur tous les sujets abordés. Elle ne lui paraissait pas aussi distante que les jours précédents. Non, au contraire. C'était une personne agréable, ouverte à la discussion et très intéressante dans ses propos.

- Je parle et je vous empêche de poursuivre votre travail. Je vous laisse pour aller me reposer. Comme vous le savez, ma nuit a été très agitée, lui glissa-t-elle en souriant.

Martin la regarda s'éloigner, se disant qu'une femme comme elle ne devrait pas souffrir. Le monde était vraiment mal fait.

Les jours qui suivirent, Helen vint fréquemment le voir pendant qu'il travaillait. Ils avaient trouvé une passion commune : les livres. Ils discutaient longuement au sujet d'auteurs ou de romans. Chaque soir, Martin repartait avec un nouvel ouvrage. Il passait une partie considérable de la nuit simplement pour avoir le plaisir d'en discuter avec Helen. Les jours passaient, et Martin éprouvait toujours autant de bonheur à se rendre à la villa des Harods. Ann l'accueillait continuellement dans la bonne humeur.

- Alors quelle fleur vas-tu nous faire pousser aujourd'hui ? Une tasse de thé ?

Et c'est ainsi qu'il entamait sa journée, assis à la table de la cuisine, en compagnie de la jeune fille.

- Madame Harods t'a encore prêté un livre ?

- Oui, je me demande si elle ne possède pas plus de livres que la bibliothèque. As-tu vu dans toutes ces étagères dans le bureau ? J'y resterais des journées entières.

- Peut-être, mais moi, je crois que je préférerais sortir le soir plutôt que de lire.

Elle lui lança un clin d'œil qui le fit sourire.

- Je crois que j'ai capté le message. Nous pourrions aller au cinéma si tu veux ?

Ann n'eut pas le temps de répondre, apercevant John Harods à la porte de la cuisine.

- Excusez-moi, je ne voulais pas vous

interrompre dans vos projets de sortie. Je désire juste une tasse de thé. Mais je peux vous conseiller un film : « Une soirée au parc » avec J. Johnson Junior. J'ai lu de très bonnes critiques à son sujet.

- Merci, Monsieur Harods, je vous prépare votre thé tout de suite.

Ann se dirigea vers la bouilloire, et pendant qu'elle s'activait à préparer l'infusion, John s'adressa à Martin.

- Je n'ai pas eu l'occasion de vous remercier pour le travail que vous avez fait. Le jardin sera très agréable aux beaux jours. J'espère que je serai moins pris cet été par les affaires afin de pouvoir en profiter. Je tenais aussi à vous remercier pour ma femme.

À ces mots, Martin parut surpris. Son employeur, voyant son étonnement, reprit. :

- Oui, elle a trouvé quelqu'un qui éprouve la même passion qu'elle. D'ailleurs, si je l'écoutais, cette maison ressemblerait à une bibliothèque. Enfin bref, vous lui avez changé les idées et je trouve qu'elle va beaucoup mieux. Quand elle est dans ses livres, elle ne pense plus à autre chose.

- Ce n'est pas pénible de lui rendre service. C'est un plaisir pour moi, répondit Martin.

- Tenez Monsieur Harods, votre thé est prêt, lança Ann, un plateau à la main. Vous voulez que je vous l'apporte quelque part ?

- Non merci Ann, je vais le prendre. Et

n'oubliez pas : « Une soirée au parc » avec J. Johnson Junior, ajouta-t-il en s'adressant à Martin.

Il quitta la pièce.

- Ils sont vraiment gentils, soupira Ann au bout de quelques secondes.

- Oui, et maintenant, je comprends lorsque tu dis que tu as trouvé une nouvelle famille et que tu t'y sens bien.

- Je les sens proches de nous et ils sont toujours très respectueux quoiqu'il arrive. Ce sont des gens très ouverts et pourtant, ils sont issus de deux grandes familles du monde des affaires. Les parents sont beaucoup plus distants, surtout le père d'Helen. Du reste, elle n'a que lui.

- Il y a longtemps qu'elle a perdu sa mère ?

- Je n'en sais rien. Quand j'ai voulu en savoir plus sur sa famille, j'ai interrogé Robert. Il n'a jamais voulu me raconter quoi que ce soit. Sa phrase fétiche était (elle prit une grosse voix :) « Il faut laisser le passé derrière et vivre avec le présent ».

- Cela ne m'étonne pas de lui, répondit Martin en riant. On ne peut pas dire qu'il soit très loquace.

- Non, c'est vrai. Mais je crois que c'est quelqu'un de très attaché à la famille de Madame. Robert devait beaucoup aimer sa mère car s'il ne veut pas en parler, c'est encore affecté par sa disparition. Je commence à le connaître.

- Tu as raison, Sherlock Holmes, mais si nous parlions un peu de ce soir ? On écoute Monsieur Harods ?

- Ok, tu n'auras qu'à passer me prendre vers vingt heures. Renseigne-toi sur les horaires, on aura peut-être le temps de boire un verre avant. Maintenant va bosser ! lui lança-t-elle en riant, le poussant hors de la cuisine.

Ce jour-là, Helen ne vint pas voir Martin, qui en fut un peu chagriné au fond de lui. Le soir venu, il s'enquit de sa santé auprès d'Ann, qui lui confia qu'elle était restée une grande partie de la journée, seule dans sa chambre à se reposer. Mais, à son avis, il n'y avait rien d'alarmant. Cela ne devait être qu'un moment de cafard, tout à fait normal. Elle affirma qu'il y en aurait certainement d'autres.

Le film leur plut beaucoup. Ils en parlèrent longuement devant une pinte de bière au pub qui se trouvait au coin de la rue. La musique allait bon train ainsi que les rires. Avec le bruit, ils avaient beaucoup de mal à entendre ce que l'un ou l'autre disait.

Ils décidèrent de quitter le pub.

Il faisait doux et ils marchaient sans presser le pas ni dire un mot. À ce moment, Martin aurait aimé prendre la main d'Ann.

Il n'osait pas de peur de la brusquer et de ternir leur relation. Il avait peur du refus et se sentait en même temps intimidé.

Pourtant, il lui sembla que c'était le moment. Ce silence, presque gênant représentait un signe pour lui. Il ne fit rien et c'est dans un lointain écho qu'il s'entendit dire :

- Il fait bon ce soir.

- Hum, hum ! fut l'unique réponse d'Ann.

Il s'en voulut de n'avoir trouvé que cette phrase banale pour s'exprimer.

Il se traita intérieurement d'idiot lorsqu'il rentra chez lui.

VI

Le mois de juin arriva promptement et des fleurs de toutes les couleurs ravivaient le jardin. Helen semblait aller de mieux en mieux. Elle consacrait la majeure partie de la journée sur une chaise longue, à l'ombre d'un prunier, plongée dans un livre.

Ce matin-là, Ann avait appris à Martin que Madame Harods avait passé la nuit à faire des cauchemars. Cela avait été au point qu'il avait fallu appeler un médecin pour la calmer.

Il s'était même passé quelque chose d'étrange. Alors que tout était paisible dans la maison, Helen était sortie sur le palier à l'étage. Elle criait que quelqu'un avait essayé de pénétrer dans sa chambre par la fenêtre.

Monsieur Harods était monté aussitôt. Bien qu'il ait pris soin de refermer la porte, Ann avait pu entendre leur dispute. John hurlait qu'il en avait marre de ses hallucinations et qu'elle allait devenir comme sa mère.

Ces derniers mots résonnaient dans la tête de Martin quand il se mit à l'ouvrage. Que voulait dire John ? La mère d'Helen avait été folle ? Madame Harods aurait-elle menti au sujet du cambrioleur, aurait-elle uniquement vécu cette scène dans sa tête ? Et pour la dernière fois, était-ce aussi une illusion ?

Non, c'était impensable. Ann avait dû mal interpréter les quelques mots qu'elle avait entendus. Helen était beaucoup trop posée et intelligente pour inventer des histoires. Perdu dans ses pensées, il sursauta lorsqu'il l'aperçut à côté de lui.

- Je ne voulais pas vous faire peur. J'en ai marre de lire, j'ai envie de bavarder un peu. Je ne vous dérange pas au moins ?

Sans attendre la réponse, Helen prit place sur un petit muret à quelques mètres du jeune homme. Elle le regarda un moment, avant de rompre subitement ce silence pesant :

- Ann m'a dit que vous étiez orphelin et que vous n'aviez jamais su qui étaient vos parents ?

- Effectivement ! On m'a abandonné dans un magasin, avec mon prénom et ma date de naissance griffonnés sur un papier.

- Cela n'a pas dû être facile pour vous !

- Quand j'étais enfant, c'était compliqué. Maintenant, je me suis habitué et je ne crois plus aux contes de fées.

- Je pense que j'aurais été très malheureuse sans parents, surtout en l'absence de ma mère. Elle m'est d'un grand secours, vous savez. Je l'appelle presque tous les jours. J'ai toujours besoin de ses conseils.

Elle se mit à sourire, le regard dans le vide. Elle n'apercevait pas l'expression d'étonnement sur le visage de Martin.

Elle poursuivit :

- Eh oui, même adulte, j'en ai besoin ! On est toujours enfant au fond de soi. Et vous n'avez jamais été tenté de retracer vos origines ? Même pas un petit indice ?

Martin essaya de se ressaisir, abasourdi par ce qu'il venait d'entendre. Ann lui avait bien dit qu'Helen avait perdu sa mère, il y a fort longtemps.

Malgré son trouble, il répondit :

- Si, bien sûr ! Mais la femme qui m'a retrouvé est décédée lorsque j'avais dix ans.

Tout ce que j'ai pu obtenir, c'est son témoignage sur le rapport de police. On m'a retrouvé dans un des rayonnages d'un magasin de linge de maison à Londres, près de Coven Garden. L'employée a averti la direction, qui elle-même a averti la police. Ils m'ont placé aussitôt dans un orphelinat, sans chercher plus loin.

- Il est exact que c'est bien insuffisant comme indice. Mais, vous n'avez pas au moins la date du jour où l'on vous a abandonné ?

- Le 3 septembre 1961. Je devais avoir environ un an.

Martin s'aperçut qu'Helen tremblait. Son visage devenait pâle.

- Que se passe-t-il Madame Harods ?

- Je ne sais pas, j'ai la tête qui tourne. Je vais rentrer m'allonger. Je ne sais pas ce qui m'arrive... et puis j'ai si froid. Veuillez m'excuser.

Elle refusa l'aide du jeune homme et rentra dans la maison. Martin la regarda s'éloigner et resta pensif. Ann vint le rejoindre quelques minutes plus tard.

- Helen possède une santé fragile. Elle est partie s'allonger. Que s'est-il passé ?

- Nous bavardions et elle s'est sentie mal.

Il resta un moment pensif, puis dévisageant Ann, il lui lança :

- Du reste, elle m'a parlé de sa mère et apparemment elle est toujours en vie.

- C'est impossible !

- À moins de pouvoir téléphoner dans l'au-delà, je ne vois pas d'autres solutions. C'est elle-même qui m'a dit qu'elle l'appelait pratiquement tous les jours.

- Non, je m'en serais aperçue. De plus, elle m'a montré ses photos de mariage, et je peux te certifier qu'à ses côtés, il n'y avait que son père.

- Tu insinues qu'elle m'a menti ?

- Non, je n'ai aucune certitude, mais tout ceci me semble bien étrange.

- Ce n'est pas toi qui aimes les mystères ?

- Si, mais j'aime surtout lorsqu'ils sont éclaircis, et crois-moi, je vais interroger Robert et je ne le lâcherai pas tant que je n'aurai pas de réponse.

Elle s'éloigna dans la maison. Martin repensa aux évènements de la nuit, se demandant si Helen ne s'était pas inventé une mère, comme elle aurait inventé un cambrioleur.

Cette idée le perturbait. Il préférait croire que Ann se trompait. Seule la mésentente entre les parents d'Helen était la clé du mystère.

- Après tout, nous ne sommes pas dans leur intimité, se consola-t-il.

Il continua de travailler pendant une bonne heure avant d'aller boire une tasse de thé dans la cuisine.

Ann le rejoignit. Elle paraissait très excitée.

- Eh bien, j'ai l'impression que ton enquête a porté ses fruits ! lui lança-t-il.

- Tu ne crois pas si bien dire, répondit-elle en empoignant une chaise. Robert a été très coriace. Tout ce que j'ai pu en tirer, c'est que la mère d'Helen est morte lorsqu'elle avait à peine deux ans. Je lui ai raconté ta conversation avec Madame Harods. Crois-moi, il a été très surpris, et même plutôt contrarié. Il s'est presque fâché contre moi me disant de me mêler de ce qui me regardait.

Martin sentit une boule lui écraser la poitrine. Helen ne pouvait pas lui avoir menti et non, elle n'était nullement folle. C'était certainement le besoin de se créer une mère qui avait dû lui manquer pendant toute son enfance. Il en savait quelque chose. Il fit part de son idée à Ann.

- Tu as peut-être raison, mais je pense encore à ce que son mari lui a dit cette nuit, lorsqu'il a fait allusion à ses hallucinations. Et Robert qui m'énerve de ne rien vouloir dire. Moi, je pense que Madame ne s'est pas du tout remise de sa fausse-couche et que ce n'est pas en se voilant tous la face que nous l'aiderons.

- Tu as raison, mais ce n'est pas notre rôle. Nous devons laisser Monsieur Harods agir et ne plus nous en occuper.

C'est à ce moment-là que John apparut, le visage fatigué :

- Ann, s'il vous plaît, allez aider ma femme à se préparer et à faire ses valises. Elle va partir se reposer quelques jours.

La jeune fille ne contint pas sa surprise, mais s'exécuta. John l'arrêta et lui dit comme pour s'excuser :

- Ma femme est très fatiguée par tous ces évènements. Je pense que le changement d'air lui fera le plus grand bien. Je vais la conduire à notre résidence à la campagne. Je serai rentré demain, dans l'après-midi.

- Voulez-vous que je parte avec elle ? Je n'en ai pas pour longtemps pour préparer ma valise !

- Non, je vais appeler une de mes cousines qui restera à ses côtés. Cela lui fera du bien de voir de nouvelles personnes et de sortir un peu. Merci beaucoup, Ann.

Il tourna les talons et s'éloigna en direction de son bureau, dont on entendit la porte claquer.

Martin décida de rentrer chez lui. Le départ d'Helen l'affectait et il ne voulait pas y assister. Il aurait tant voulu lui venir en aide. Il ne pouvait plus rien faire, elle s'éloignait. Il se sentait impuissant et inutile.

Les semaines passèrent sans qu'Helen revienne à la maison.

Monsieur Harods partait de bonne heure et rentrait tard le soir. Parfois, il lui arrivait de s'absenter plusieurs jours.

Lorsque Ann arrivait à le croiser, elle s'enquérait de la santé de sa femme. Ce dernier répondait qu'elle allait beaucoup mieux chaque jour qui passait et qu'elle préférait prolonger son séjour à la campagne.

- Dites-lui qu'elle nous manque beaucoup, répétait Ann à chaque fois.

Mais malgré les paroles encourageantes de John, elle voyait bien que son visage s'assombrissait de jour en jour.

Elle confia ses craintes à Martin. Leurs conversations tournaient toutes autour d'Helen et de leurs angoisses. Un jour Ann lui fit une confidence :

- Monsieur Harods est parti pour deux jours et Robert est en ville. Moi, je n'ai qu'une envie : aller dans le bureau de Monsieur pour essayer d'en savoir plus.

- Tu plaisantes !

- Non, je suis tout à fait sérieuse. Je n'aime pas faire cela, mais je tiens réellement à connaître ce qu'il se passe. C'est certain ! On nous dissimule quelque chose. J'aime énormément Helen et je cherche à l'aider. As-tu remarqué la transformation négative de monsieur Harods, ces derniers temps ? Et ne me dis pas que tu ne veux rien savoir. Je suis sûre que tu en meurs d'envie !

Bien sûr, Martin était inquiet et il souhaitait connaître la vérité ! Mais de là à fouiller le bureau et les affaires privées de son patron… Cela ne lui convenait nullement.

- Fouiller n'est pas le mot adéquat, rétorqua Ann. Je veux juste en savoir plus sur Helen. Le reste des affaires de monsieur Harods ne m'intéresse pas.

- Mais qu'espères-tu trouver ? Je ne saisis pas le rapport avec les papiers de John.

- Je sais, mais si tu as une meilleure idée où chercher, dis-le-moi. Je jette juste un œil et c'est tout.

Martin se laissa convaincre, emporté par le désir d'en savoir plus. Ann pénétra la première dans la pièce mal éclairée, d'un pas décidé. Martin restait dans l'encadrement de la porte. Il hésitait. Il se contentait de promener un regard circulaire dans la pièce.

La jeune fille ouvrit un tiroir et commença à chercher dans les documents. Elle releva la tête et soupira quand elle vit Martin qui ne bougeait pas.

- Écoute, lui dit-elle, si quelqu'un que tu aimes beaucoup te disait les choses à moitié lorsque tu sais qu'il y a plus, n'essaierais-tu pas d'en savoir davantage ?

- Ne te justifie en rien. Fais ce que tu crois bien !

Ann le sentit amer. Elle haussa les épaules, tout en continuant à fouiller les tiroirs. Lorsqu'elle eut terminé, elle se redressa et regarda autour d'elle.

- Je n'ai rien trouvé, c'est désespérant !

- Et maintenant, que comptes-tu faire, regarder dans chaque livre ou peut-être fouiller toutes les niches de la maison ? Ou encore mieux, leur chambre et leurs effets personnels ?

Le ton qu'employa Martin interloqua la jeune

fille, et la laissa silencieuse quelques instants.

- Tu as raison, j'ai outrepassé mon rôle d'employée de maison, j'ai honte. Qu'est-ce qui m'a pris ?

Elle secoua la tête désespérée et confuse. Martin lui sourit.

- C'est ton côté spontané de petite fille. D'ailleurs, je crois que c'est ce qui me plaît infiniment chez toi.

Tout en murmurant ces mots, il se rapprocha d'elle. Elle releva la tête, son regard était presque triste.

Il appliqua délicatement un baiser sur ses lèvres, presque amical et avec beaucoup de douceur.

Puis, après un dernier regard, il s'éloigna.

Il travailla dans le jardin jusqu'au soir. Robert était revenu en milieu de journée. Il avait passé le reste de l'après-midi avec Ann dans la cuisine à démonter la robinetterie qui était bouchée.

Aussi, au moment de partir, le jeune homme lança un simple bonsoir en passant devant la porte avant de disparaître dans la rue.

Il ne pouvait effacer Ann de ses pensées. Il éprouvait encore l'émotion de ce baiser, et simultanément, il avait peur d'avoir mal agi. Allait-il pouvoir la regarder en face demain ? L'avait-il vexée ? Elle n'avait pas bougé, mais n'avait pas semblé en colère.

Plongé dans ses pensées, il arriva chez lui.

Machinalement, sans prendre la peine de se débarrasser de son blouson, il se vautra sur son canapé.

Parmi le courrier qu'il venait de récupérer dans la boîte aux lettres, une enveloppe manuscrite éveilla son attention. Il la retourna dans tous les sens, elle venait de Bath.

À l'intérieur, une feuille d'un bleu pâle était pliée en quatre. Elle ne contenait que quelques lignes qui le consternèrent :

« Mon cher Martin,

Ces quelques mots vont certainement vous surprendre. Je vous en prie, n'en parlez absolument à personne, surtout pas à mon mari. Je dois vous dire la vérité. Il se peut que vous soyez mon frère. Je vous en parlerai de vive voix à mon retour.

Amicalement,

Helen Harods »

Martin relut la lettre plusieurs fois. Il se sentit vidé à cette annonce et ne savait plus quoi penser. Sa première réaction fut de téléphoner à Ann, mais quelque chose en lui, l'en empêcha. Il repensa à Helen et à toutes les conversations qu'ils avaient eues, et à l'attitude de la jeune femme avant qu'elle ne parte. Elle le savait et c'était pour cela qu'elle était si perturbée. Maintenant, Martin en était sûr, ce ne pouvait être un canular. Tout concordait. Il fixa le téléphone, il lui manquait une dernière confirmation.

- Allô Ann, c'est Martin.

- Bonsoir, tu es parti bien vite ce soir. C'est gentil d'appeler. Je commençais à me poser des questions.

- Tu n'as aucune raison de t'en poser. Je t'appelle, déjà pour te rassurer, et aussi parce que j'ai pensé à ton inquiétude au sujet de Madame Harods. Pourquoi n'irais-tu pas tout simplement lui rendre visite ? Cela lui ferait sans doute plaisir et t'apaiserait l'esprit en même temps.

Il y eut un moment de silence, Martin pouvait ressentir l'étonnement d'Ann qui répondit :

- Leur maison de campagne se trouve à côté de Falmouth dans les Cornouailles. Cela fait un peu loin pour simplement prendre des nouvelles. Je te rappelle aussi que Monsieur veut que nous la laissions tranquille.

- C'était juste une idée. Bon, eh bien, à demain.

- Ah ! D'accord, bonne nuit.

Martin raccrocha. Il était perplexe, la lettre n'avait pas été expédiée de Falmouth.

Qu'est-ce que cela voulait dire ? Tout se mélangeait dans sa tête. Il n'y avait qu'une seule solution : espérer le retour d'Helen.

Le lendemain, il se leva de bonne heure ; il n'arrivait pas à trouver le sommeil. Lorsqu'il arriva à la demeure des Harods, Martin trouva Ann assise à la table de la cuisine, complètement effondrée.

Lorsqu'elle aperçut Martin, elle se jeta dans ses bras et le serra très fort. Il n'osa pas poser des questions, ayant peur de deviner la cause de cette détresse. Ann lui confirma ses doutes entre deux sanglots :

- Helen est décédée !

Il la serra très fort, sa poitrine lui faisait mal et sa gorge était sèche et nouée. Il ne pouvait prononcer un mot. Quelque chose lui martelait la tête, et sans qu'il s'en rende compte, des larmes coulèrent sur ses joues. On venait de lui annoncer la mort de quelqu'un de SA famille, la mort de SA sœur. Il repoussa Ann et se réfugia dans le jardin, où assis sur une marche, la tête entre les mains, il put se laisser aller à son chagrin. Son amie le rejoignit presque aussitôt et s'assit à côté de lui. Elle le regarda un moment avant de rompre le silence :

- Ta réaction me surprend un peu. Tu as l'air plus affecté que moi. J'ai l'impression qu'il s'est passé quelque chose entre vous.

Martin la regarda, surpris par sa question, puis, sans réfléchir, il posa sa tête sur son épaule avant de répondre :

- Je ne peux pas t'expliquer pour le moment.

- Non, ne me joue pas ce jeu, répondit-elle en se redressant. Tu te rappelles ce que je t'ai dit hier, lorsque tu dis les choses à moitié ? Ou tu ne racontes rien, soit tu dis tout, mais certainement pas avec des sous-entendus.

- Oui, bien sûr, mais laisse-moi du temps. Je

t'en prie Ann… Fais-moi confiance. Tu veux bien me raconter ce qu'il s'est passé ?

- Vers vingt-trois heures hier soir, John a appelé pour nous l'annoncer… Oh, mon Dieu… C'est affreux… Helen s'est jetée par la fenêtre. Elle s'est suicidée.

La jeune fille éclata en sanglots.

- Je savais que quelque chose n'allait pas ! Il ne fallait pas qu'elle s'éloigne, elle aurait dû rester avec nous. Pourquoi n'ai-je pas insisté ? Avec beaucoup d'affection et d'attention, on aurait été en mesure de l'aider.

- On n'aurait rien pu faire, les personnes qui se suicident sont insensibles à tout ce qui les entoure. Elles sont comme happées par le désir de se tuer et ne peuvent résister. Un cercle se forme autour d'elles. Il est fermé sans aucune porte et il se resserre chaque jour. La mort est l'unique issue. Elles sont incapables d'en trouver une autre. J'ai perdu un ami très cher à l'orphelinat et moi aussi. Je me suis senti coupable, jusqu'à ce qu'un médecin me fasse comprendre tout cela. Ils ne voient que cette solution pour arrêter de souffrir.

Ann se leva et remonta les marches du perron. Au moment d'atteindre la porte, elle se retourna :

- Robert est parti avec John jusqu'à demain et je ne veux pas rester seule ce soir. Est-ce que… ?

- Je dormirai ici si tu veux.

- Merci, je vais faire ton lit.

Et elle disparut.

Martin repensa à la lettre d'Helen. Avait-elle prévu sa mort et avait-elle décidé de lui dire la vérité avant ?

Mais alors, pourquoi lui avoir parlé d'un éventuel retour pour tout lui raconter quand ils se verraient ? Comment allait-il savoir la vérité maintenant ?

Il repensa à ce cliché qu'il avait vu le premier jour. Il fallait qu'il retrouve l'album. Il n'avait plus le choix, il devait le chercher.

Sans bruit, il poussa la porte de la chambre de ses patrons. Les rideaux étaient tirés et dans la pénombre, il essaya de repérer les lieux. Un secrétaire se trouvait sur la droite. Il alluma la petite lampe de chevet qui y trônait. A sa grande surprise, il découvrit l'album photo, posé sur le dessus du meuble. Il le feuilleta. La photo n'y était plus.

Il ouvrit les tiroirs et chercha parmi les papiers. Il tomba alors sur un carnet relié d'une couverture, noir et rouge très épaisse. Il en ouvrit les premières pages. C'était un journal ! Celui d'Helen. Seulement trois pages étaient écrites :

Vendredi 3 avril

Je n'en peux plus, John ne veut rien entendre, il aime déjà cet enfant qui n'est pas le sien. Il faut que je l'écrive, que je me libère, personne ne veut m'écouter.

Tous essaient d'oublier. Mais moi, je ne peux pas ! C'est moi qui porte le fruit de l'horreur !

C'est ma première journée dans cette maison. Ils pensent qu'ici, je prendrai un nouveau départ, mais moi, je ne peux pas ! L'enfant est là, dans mon ventre, quelle que soit la demeure où je me trouve. Il faut que je parle à Harry. Lui me comprendra.

Dimanche 5 avril
John ne me pardonnera jamais mon geste. Il sait que ce n'est pas un accident. Harry, lui, me comprendra. John ne me parle plus. Je suis malheureuse. Que puis-je faire ?

Dimanche 12 avril
Pourquoi ne peut-il pas me pardonner ? Les événements de cette nuit n'ont rien changé. Il a refusé de me croire. Non, John, je suis loin d'être comme ma mère. Je t'aime et tu me fais souffrir. Oh, Harry, soutiens-moi, je n'en peux plus ! Redonne-moi la force de te parler !

Le journal s'arrêtait là. Martin restait assis sur le lit, perplexe. L'enfant qu'Helen avait perdu n'était pas de John et elle n'en voulait pas. Voilà pourquoi rien dans cette maison n'était prévu à cet effet. Ce serait donc elle qui aurait provoqué sa fausse-couche ? Mais que s'était-il passé entre elle et John ? Et qui était cet Harry ?

- Que fais-tu là ?

Martin sursauta. Ann était devant lui, les bras sur les hanches. Elle répéta sa question. Le ton était ferme. Le jeune homme soupira :

- Assieds-toi, je vais tout t'expliquer.

Il lui raconta le courrier qu'il avait reçu et ce besoin qu'il avait maintenant de connaître la vérité. Il lui tendit le journal et attendit qu'elle le lise.

Elle s'écria :

- Je ne comprends rien. Ils avaient l'air de tellement s'aimer et ils semblaient si heureux. Qui est ce Harry ?

Ann réfléchit et s'exclama à nouveau :

- Harry, c'est le nom du petit garçon qui est sur la photo avec Helen. Mais alors c'est peut-être toi !

- C'est impossible, lorsque l'on m'a trouvé, il y avait bien écrit Martin sur le papier.

- Alors si ce n'est pas toi, qui est Harry et où peut-il bien être ? Lui seul pourrait nous aider. Je pense qu'il faudrait que tu le dises à John que tu as reçu un courrier d'Helen.

- Non, il dirait qu'elle était folle. De plus, elle ne désirait pas que je lui en parle. Et d'après ce journal, cet homme n'était pas prêt à l'aider. Je préfère suivre les volontés d'Hélen.

- Tu as certainement raison. Peut-être avait-elle peur qu'il se mette en travers de votre route. Oh ! Je ne sais plus !

Elle se retrouva dans ses bras à sangloter.

VII

Le jour des obsèques arriva. Martin et Ann se tenaient en retrait. De personnalités éminentes étaient présentes. Tous arrivaient au cimetière dans d'imposantes voitures de couleur noire. A croire qu'ils avaient des voitures spécifiques pour l'événement.

Les parents de John soutenaient leur fils. Le père d'Helen restait digne. C'était un homme svelte, d'une soixantaine d'années, avec encore quelques cheveux roux. Seul son regard trahissait ce qu'il ressentait. Il était triste. On pouvait y lire un homme qui avait perdu ce qui comptait le plus, malgré sa réussite dans les affaires. Quelqu'un que la vie n'avait pas épargné, malgré sa fortune et sa position.

Martin l'observa longuement. Cet homme devait connaître la vérité. Il avait envie de lui hurler ce qu'Helen lui avait écrit, de lui jeter le courrier à la figure afin qu'il avoue.

Mais l'endroit était mal choisi. Il ravala son amertume.

Il avait envie de fuir, de courir loin devant. Il voulait s'éloigner de ce cimetière lugubre, avec ses pierres tombales semées en pagaille et qui sortaient de la terre comme si elles avaient poussé naturellement. Le décor donnait l'impression de venir tout droit d'un film d'horreur.

Le soir venu, dans son lit, il put enfin se libérer et pleurer à chaudes larmes. Il pleurait Helen, son passé, et le fait de ne pas connaître la vérité.

Il ne travailla pas les jours qui suivirent. John le lui avait demandé. Il considérait à présent qu'il était superflu d'entretenir le jardin. Le jeune homme ne sortit que très peu de chez lui, juste pour quelques courses. Il ne donna aucune nouvelle à Ann. Cette dernière en fit autant, respectant son silence.

Les jours passèrent, puis les semaines, jusqu'à un beau matin où Martin décida d'aller voir Ann.

Comme d'habitude, ce fut elle qui vint ouvrir. Elle ne lui cacha pas sa surprise, ni sa joie de le revoir.

- J'étais si inquiète pour toi, rentre ! Je vais te faire du thé.

Elle s'écarta pour le laisser entrer. Il la suivit dans la cuisine, tira une chaise et s'assit pendant que la jeune femme s'affairait avec la bouilloire.

- Comment va Monsieur Harods ? s'enquit Martin.

- Au début, il ne sortait jamais. Il refusait de voir quiconque, pas même Robert ou moi-même. Mais depuis quelques jours, il se lance corps et âme dans son travail. C'est à peine s'il dort. Je crois que ça l'aide à ne plus penser à Helen. Tu sais, je sens encore sa présence dans la maison. À chaque coin de pièce, j'ai l'impression que je vais la rencontrer. Nous avons enlevé toutes ses affaires personnelles, à la demande de Monsieur Harods. Pourtant elle semble toujours si présente. Et toi, comment vas-tu ? Cela fait presque un mois que j'attends ce moment.

- Excuse-moi, mais il m'a fallu du temps pour me remettre de tous ces événements.

- Ne t'inquiète pas. Je l'avais compris. Attends, je possède quelque chose pour toi.

Ann attrapa un livre de cuisine, d'où elle fit glisser une photo.

- Tiens, je l'ai trouvée en rangeant les affaires d'Helen. Je pensais que tu aimerais l'avoir. Elle pourra te servir.

Martin se leva, accueillit la jeune fille dans ses bras et resta un moment à la serrer.

- Merci beaucoup. Tu m'as énormément manquée. Je te remercie d'avoir été patiente. Tu es une fille formidable, finit-il par avouer.

- Il y a autre chose, lui répondit-elle en souriant. J'ai interrogé Robert au sujet d'Harry. Je lui ai montré l'enfant sur la photo. Je le crois sincère quand il a affirmé qu'il ignorait qui il était. Par contre, la mère d'Helen est morte lorsque celle-ci avait trois ans. Il n'a pas voulu m'en dire plus. J'en suis sûre. Il me dissimule quelque chose.

- Alors Helen m'a menti. Elle ne pouvait plus rendre visite à sa mère, ni lui téléphoner. Pourquoi m'a-t-elle menti ?

- Qu'as-tu l'intention de faire à présent ?

- Voir le père d'Helen. Sais-tu où je peux le trouver ?

- Il habite Londres. Je vais te noter son adresse. Veux-tu que je t'accompagne ? Je t'attendrai dehors.

- Non, merci. Mais je t'appellerai aussitôt après l'avoir vu. Ne m'en veux pas si je pars maintenant, mais j'ai hâte que cette histoire se termine et de connaître enfin la vérité.

Il appliqua un baiser furtif sur les lèvres d'Ann et sortit. Il monta dans l'autobus jusqu'à Victoria Station, puis, continua à pied.

Il déboucha bientôt sur une grande avenue et ne fut pas long à trouver la maison de Monsieur Toots, le père d'Helen.

La demeure était typique et très vaste. Martin sentit son cœur battre très fort. La panique s'empara de lui. Il ne savait pas comment se présenter. Ce qui l'inquiétait le plus, c'était qu'il avait peut-être tort. Eventuellement n'avait-il rien à voir avec Helen. Il se pouvait que toute cette histoire ne soit qu'une pure imagination de la jeune femme. Mais l'envie de connaître la vérité fut la plus forte. Dans un immense effort, il sonna à la porte. Une vieille femme vint lui ouvrir.

- Monsieur ?

- Bonjour Madame. Je m'appelle Martin Smith et j'aimerais voir Monsieur Toots, s'il vous plaît.

- Vous aviez rendez-vous ?

- Non, mais je vous assure que c'est vraiment important.

La femme semblait hésiter. Elle dévisagea Martin avec curiosité, lorsqu'ils entendirent une voix grave venant de l'intérieur de la maison :

- Judy, qui est-ce ?

Quelques secondes plus tard, Monsieur Toots apparut sur le pas de la porte. Martin crut défaillir et dut rassembler tout son courage pour lui parler.

- Veuillez m'excuser, Monsieur. Je travaille pour John Harods et je suis chargé de vous ramener une photo que nous avons trouvée dans les affaires de votre fille. Votre gendre pensait que vous aimeriez l'avoir.

Tout en annonçant cela, le jeune homme sortit le cliché de sa poche. L'homme eut l'air surpris, et lui fit signe de le suivre dans le salon.

- Montrez-moi cette photo ! lança-t-il d'une voix forte.

À la vue des deux jeunes enfants, son visage blêmit, mais il se ressaisit aussitôt.

- Je vous remercie. Au revoir Monsieur, dit-il en s'adressant sèchement à Martin. Judy va vous raccompagner à la porte.

Martin resta immobile de stupeur. Malencontreusement, il ne put qu'obéir. Monsieur Toots avait déjà disparu dans une pièce. Il se retourna face à la vieille gouvernante.

- J'ai remarqué que votre patron était très touché par cette photo. Vous connaissez le petit garçon qui se nomme Harry ?

La femme le regarda avec étonnement. Martin remarqua sa gêne, mais cette dernière lui répondit :

- La vie ne l'a pas épargné. Harry était un petit voisin lorsqu'ils habitaient à Falmouth. Il est mort dans un accident peu de temps après la photo. Juste après, ce fut le tour de Madame Toots. Maintenant excusez-moi, mais je dois vous demander de partir.

Avant qu'elle ne referme derrière lui, Martin eut le temps d'apercevoir le père d'Helen dans l'encadrement de la porte du salon.

Il avait pu ainsi aisément assister à la conversation entre lui et son employée.

Lorsqu'il fut sur le trottoir, le jeune homme hésita. Il avait la sensation qu'on ne lui avait pas tout dit. Il repensa au journal d'Helen, à sa lettre et à la photo. Il finit par repartir et attendit d'être chez lui pour téléphoner à Ann, afin de lui raconter son entrevue.

- Je sens que l'on me cache quelque chose. Ce Harry ne peut pas être mort puisque Helen en parle dans son journal. Tu sais, j'ai bien réfléchi et je crois que je vais me rendre à Falmouth.

- C'est peut-être une bonne idée. J'aimerais tant venir avec toi, mais ce n'est pas le moment que je m'absente. Je vais essayer de te trouver l'adresse de la demeure de Monsieur Toots qui était devenue la maison de campagne d'Helen et John. Ce n'est pas à Falmouth même, c'est dans un tout petit village à côté. J'y suis allée une fois l'an passé.

Elle hésita avant de continuer :

- En fait, j'aimerais tant venir, car cela me permettrait de passer un peu de temps avec toi. Et puis, je t'avoue que tous ces mystères ont éveillé ma curiosité.

Martin répondit aussitôt :

- Je reconnais qu'avec tous ces événements, je t'ai un peu délaissée. Tu crois pouvoir t'absenter pendant quelques jours ?

- J'en parlerai à Monsieur Harods, mais je suis sûre qu'il sera d'accord pour me laisser partir quelques jours avec toi. Bien entendu, je ne lui dirai pas où. Et puis il ne sera pas seul, il y a Robert. Il suffit que j'organise tout dans la cuisine avant de partir. Je te rappelle dans un moment. En attendant, renseigne-toi sur les horaires des trains pour demain.

Martin raccrocha. Il était heureux qu'Anne puisse l'accompagner. Cela lui donnait plus de courage dans sa démarche. Une heure plus tard, l'accord de John fut donné et les réservations furent faites pour le lendemain.

Robert les déposa à la gare Victoria. Ann reflétait le bonheur d'une enfant qui part en vacances au bord de la mer. Elle riait à la moindre plaisanterie. Au moment de monter dans le train, elle se retourna vers Robert :

- Et n'oublie pas de venir nous chercher vendredi ou je ne te ramènerai rien !

Le voyage leur sembla interminable, ils durent changer deux fois de correspondance. Arrivés à Falmouth, ils cherchèrent un hôtel, car le dernier bus pour Falgate, leur destination finale, était parti.

- Je rêve d'une douche et d'un bon petit dîner, lança joyeusement Ann, en pénétrant dans la chambre.

La soirée fut tranquille, et après avoir dîné au restaurant, ils se promenèrent dans les rues. Ils marchaient en silence.

Ils détaillaient tous les lieux, les magasins et les maisons. Ils explorèrent la moindre petite ruelle. C'était comme s'ils voulaient graver chaque détail de la ville dans leur mémoire.

Ils marchaient ensemble et ils voulaient que ce moment dure.

Il faisait très doux et tous les deux semblaient heureux.

- Je suis vraiment contente d'être là avec toi, mais quelque chose m'inquiète, dit Ann.

- Quoi ?

- Si Helen s'est trompée, comment réagiras-tu ? Si elle a raison, que feras-tu ? Tu iras chez son père pour lui dire, « je suis votre fils, je veux que vous me reconnaissiez » ?

Martin ne répondit pas aussitôt. Il resta pensif quelques minutes :

- Je ne peux pas croire qu'Helen se soit trompée. C'était quelqu'un d'intelligent qui ne semblait pas raconter n'importe quoi. Mais si c'était quand même le cas... Eh bien, je serais déçu de ne toujours pas connaître ma famille. Je continuerai ma vie comme avant, avec un petit plus quand même.

- Lequel ?

- Toi !

Ann éclata de rire. Il la prit dans ses bras et l'embrassa tendrement.

- Tu es adorable ! Si elle a raison, je serai toujours ton petit plus ? lui demanda-t-elle en souriant.

- Plus que jamais ! Pour répondre à ta question, je n'y ai pas réfléchi. J'avoue que je ne sais pas ce que je ferai. Pour le moment, je veux juste savoir, c'est tout.

Ils arrivèrent devant leur hôtel. Il était tard et tous les deux commençaient à ressentir la fatigue du voyage.

La lumière du jour réveilla Martin, qui, en ouvrant les yeux aperçut Ann. Elle était allongée à côté de lui, le sourire aux lèvres. Il la prit dans ses bras. Sa main lui caressa la nuque, puis descendit le long de son dos. Ann ferma les yeux et se laissa aller au désir…

Ils eurent tout juste le temps d'attraper le bus du matin. Une heure plus tard, ils se retrouvèrent sur la place centrale de Falgate, petit bourg de trois cents âmes.

- Et maintenant mon cher Sherlock Holmes, que faisons-nous ?

- Notre première énigme à résoudre, mon cher assistant est de trouver où dormir.

- Énigme résolue ! Regarde la maison en face « chambres à louer » et à droite, il y a même un café. Pendant un instant, j'ai cru que l'on était au fin fond de la brousse anglaise. Que dirais-tu d'un thé ?

- Allons plutôt nous installer avant !

Et tout en prononçant ces mots, il empoigna sa valise. Une jeune fille vint leur ouvrir la porte. À leur demande, elle les installa dans une des chambres.

- C'est pour deux nuits, lui dit Martin, nous repartons vendredi.

- Il est rare de voir des touristes à cette saison, les grottes sont fermées.

- Nous voulions un endroit paisible.

- Vous serez servis, leur répondit la jeune fille en souriant. Si vous avez besoin de quoi que ce soit, je suis dans la cuisine. La salle de bains est au bout du couloir.

Elle disparut. Martin se tourna vers Ann.

- Tu te rappelles où se trouve la maison ?

- À la sortie du village, il y a une croix et sur la droite, un petit chemin de terre. La propriété est là à cinquante mètres de la route… Enfin, je crois.

- Allons-nous y promener. Nous prendrons un thé en revenant si tu veux bien. Je suis trop impatient.

Ann acquiesça, se demandant ce que la maison pourrait bien leur apprendre de plus, mais elle se tut et le suivit dehors. Ils n'éprouvèrent aucune difficulté à trouver la demeure. C'était une immense bâtisse, en pierres de pays, avec des volets verts fermés. L'état du jardin, devenu sauvage indiquait que personne n'était venu depuis bien longtemps. Martin essaya d'ouvrir la grille, mais une grosse chaîne l'en empêcha. Au bout d'un moment, il dut se résoudre à abandonner et il se tourna vers Ann, qui était restée en arrière.

- Je n'en saurai guère plus et il n'y a pas de voisins proches. Cela te dit un bon thé ?

Et après un dernier regard, il fit demi-tour, attrapant la main d'Ann, et tous les deux reprirent la direction du centre du village.

Le café était vide et sombre.

En fait de bistro, c'était la cuisine d'une maison, aménagée de quatre tables et quelques chaises. Un homme d'un âge avancé vint les servir.

Au vif étonnement de Martin, Ann l'interrogea.

- La maison aux volets verts, à la sortie du village, c'est bien celle de Monsieur Toots ?

- Oui, mais il y a bien longtemps que personne n'est venu !

L'homme se mit à réfléchir.

- Oh oui, depuis au moins un an. Vous les connaissez ?

- Nous travaillons au service de sa fille et son mari. Ce sont du reste eux qui nous ont dit de venir ici, parce que c'est l'endroit idéal pour se reposer. Humm ! Votre thé sent très bon !

Elle regarda Martin dans les yeux et lui sourit. Le gérant disparut, et elle en profita pour lui chuchoter.

- Comme cela, j'ai lancé l'appât ! Sachant que nous connaissons la famille, les gens d'ici nous parleront peut-être. En tout cas, ils seront moins suspicieux, n'est-ce pas ?

- Tu es incorrigible. Mais cela prouve aussi qu'Helen n'est pas venue se reposer ici, mais sûrement à Bath, d'où elle m'a envoyé cette fameuse lettre. Pourquoi John a-t-il menti ? Ils possèdent une maison à Bath ?

Ann réfléchit un moment avant de répondre.

- Ils ne m'en ont jamais parlé.

Ils avalèrent leur thé en silence. Chacun était plongé dans ses réflexions. Martin paraissait soucieux, il ne savait pas où chercher, ni comment. Il n'avait aucune idée de la façon qu'il allait employer pour interroger les gens du coin sans éveiller de soupçons. Surtout si une étrange histoire planait au-dessus de la famille Toots.

Il eut l'impression qu'Ann avait lu dans ses pensées lorsqu'elle lui dit :

- Le mieux est de demander clairement au cafetier s'il se souvient de Madame Toots et d'un certain Harry. S'il veut répondre, tant mieux, sinon tant pis. Et puis, il n'y aura rien d'anormal maintenant qu'il sait qui on est. Le mystère, il est uniquement autour de toi, non ?

Le jeune homme la dévisagea. Elle avait raison. Il interpella le gérant pour payer leurs consommations.

- Excusez-moi, mais Helen Toots nous a quelquefois parlé de sa mère, vous la connaissiez ?

- Non, elle ne venait guère au village, peut-être l'ai-je vue une fois.

Helen nous a aussi parlé d'un certain Harry qui avait approximativement son âge. Ils jouaient fréquemment ensemble quand ils étaient enfants, vous le connaissez ?

- Mais pourquoi voulez-vous savoir tous ces détails ?

C'est Ann qui répondit devant l'embarras de Martin :

- Oh, nous profitons uniquement de notre séjour ici pour mieux connaître nos patrons, pure curiosité. Nous les apprécions beaucoup vous savez. Nous nous intéressons aux gens que l'on aime, c'est tout naturel. Elle nous a tant raconté son enfance ici…

- Peut-être, mais moi, je ne sais rien et puis il y a longtemps. Excusez-moi, mais j'ai du travail dans la cuisine.

Et il disparut laissant les deux jeunes gens perplexes devant son empressement à les quitter.

Ils attrapèrent leurs vestes et se dirigèrent vers la porte lorsque l'homme réapparut dans la salle et leur dit :

- Une personne peut vous renseigner. C'est la propriétaire de la pension où vous êtes descendus. Elle a travaillé pour eux autrefois. Au revoir Monsieur Dame.

- Au revoir et merci, crièrent-ils en chœur, en disparaissant.

Ann se retourna vers Martin :

- Que de mystères, j'adore ça ! Je me sens presque dans la peau d'un détective. On va bientôt tomber sur des méchants mais on finira par les arrêter !

- Arrête de plaisanter, tu vas finir par y croire. Viens, mon assistant, on a quelqu'un à interroger.

- Si elle ne veut pas parler, on l'attache au lit et on l'ébouillante. Sous la torture, elle causera !

C'est en riant qu'ils pénétrèrent dans la pension.

Une très vieille femme sortit à ce moment de la cuisine pour les accueillir :

- Bonjour, je suis Madame Johanna Riams, la propriétaire. C'est ma petite fille qui vous a reçus. Voulez-vous une tasse de thé ?

Ils se regardèrent. La chance était vraiment avec eux. Ils acceptèrent et bientôt se retrouvèrent assis autour de la table de la cuisine, pendant que leur hôtesse leur préparait le thé. Martin l'observa. La femme semblait âgée et pourtant ses mouvements étaient agiles. Elle ne leur posa aucune question sur leur venue dans la région et Martin dut se lancer, pressé et excité d'en savoir davantage.

- Nous travaillons à Londres pour Helen Toots. Je veux dire Madame Harods maintenant. Le gérant du café du village nous a dit que vous aviez travaillé pour leur famille autrefois.

La vieille dame prit le temps de servir le thé et de s'asseoir avant de répondre :

- En effet, il y a plus de vingt-cinq ans de cela, c'est bien loin. Et comment va la petite Helen ?

Martin et Ann se regardèrent, ne sachant que répondre. Johanna Riams remarqua leur embarras.

- Il lui est arrivé quelque chose ?

- C'est-à-dire qu'elle a fait une fausse-couche. Elle est devenue dépressive et… et elle a préféré disparaître à tout jamais.

Des larmes apparurent dans les yeux de leur hôtesse et se mirent à couler silencieusement sur ses joues. Fixant le mur, Johanna se mit à parler comme à elle-même :

- Pauvre petite ! Je la vois encore s'amuser dans le jardin. Elle était si adorable et délicate. Pourquoi le destin s'acharne-t-il sur sa famille ?

- Que voulez-vous dire ?

Johanna Riams sursauta, comme si les paroles d'Ann l'avaient ramenée à la réalité :

- Simplement que chaque famille a son fardeau. Pour certains il est bien plus lourd que pour d'autres. Le monde est si mal fait.

- Nous ne voudrions pas être indiscrets, mais pourriez-vous nous raconter ?

La femme repoussa sa chaise, se leva pour commencer à débarrasser la table :

- Si Helen ne vous a rien raconté, ce n'est pas à moi de le faire.

Le ton de sa voix indiquait que la conversation était close. Malgré cela, Martin insista. Il était prêt à tout pour savoir :

- Elle nous a surtout beaucoup parlé de Harry !

À ces paroles, la vieille dame se tourna vers Martin, le visage blême. Il y eut un moment de silence et les deux jeunes gens purent lire la stupeur dans ses yeux. L'instant d'après, elle s'écroula sur le carrelage de la cuisine. Sa tête heurta le coin du buffet et du sang se mit à couler à flots. Ann cria :

- J'appelle les secours !

Elle disparut, laissant Martin se sentir faiblir à la vue du sang. L'ambulance arriva à toute allure. La femme n'avait toujours pas repris ses esprits et son corps était raide. Après un bref examen par un médecin, elle fut immédiatement transportée dans le véhicule.

Sa petite fille arriva en courant. Sans demander d'explications, elle monta dans l'ambulance, qui partit les sirènes rugissantes.

La foule se dispersa lançant des regards malveillants vers au couple. Ces derniers refermèrent la porte de la maison et allèrent se réfugier dans leur chambre. Ann eut beaucoup de mal à réconforter Martin. Il s'en voulait d'avoir été si loin, il n'aurait jamais dû insister.

Elle avait été claire, elle avait clos la discussion et pourtant lui, il avait voulu en savoir plus.

Au bout de quelques heures, lorsqu'ils perçurent du bruit au rez-de-chaussée. Ils coururent dans les escaliers et aperçurent la jeune fille, une valise à la main. Malgré les yeux rougis par les larmes, elle leur sourit :

- Je vois que vous vous inquiétez pour ma grand-mère, c'est vraiment très aimable. D'ailleurs, je voulais vous remercier d'avoir mobilisé les secours. Je suis venue juste prendre quelques affaires.

- Comment va-t-elle ? s'enquit Martin.

- Les docteurs disent qu'elle a fait une attaque cérébrale. Il faut faire des examens pour en connaître les conséquences. Elle est revenue à elle, mais elle ne peut pas parler. Elle est entièrement paralysée.

- Nous sommes vraiment désolés.

- On ne peut rien devant la maladie. Je vous remercie de nouveau d'avoir agi si promptement. Je n'ose pas imaginer ce qui se serait passé si elle avait été seule. Heureusement que vous étiez là. Je serai de retour demain matin pour votre petit-déjeuner. Au revoir et bonne nuit !

Elle disparut avant qu'ils n'aient le temps de répondre. Ann se tourna vers Martin :

- Tu vois, tu n'y es pour rien !

- Va savoir ! Dit-il sur un ton amer.

Ils ne sortirent pas le reste de la journée et se couchèrent très tôt, Martin se sentait toujours coupable.

Le lendemain, comme promis, la jeune fille leur servit le petit-déjeuner à leur réveil. Elle leur apprit que l'état de santé de sa grand-mère ne s'était nullement amélioré et que son rétablissement serait très long. Lorsqu'elle fut partie, Ann soupira :

- Pauvre fille, elle n'a pas dû dormir de la nuit. J'aimerais tant l'aider !

Martin ne répondit rien, plongé dans ses pensées. Ann le regarda fixement :

- Tu n'y es pour rien, c'était latent. Le mal était là avant qu'elle apprenne notre existence. C'est une maladie qui peut arriver à n'importe qui. C'était juste une coïncidence, tu n'y peux rien, ni même personne. De plus, tu es venu ici pour un motif bien précis et je te rappelle que demain nous repartons. Alors, réveille-toi et réagis !

- Désolé, je sais bien que tu as raison. Ok, je te promets d'essayer de me faire une raison.

- J'aime mieux ça. Bon, quel est le programme ?

- Je n'en sais rien, j'ai l'impression de brasser du vide, que tout m'échappe. Je ne sais plus vers quoi ou qui me tourner pour chercher.

- Toi, tu me donnes l'impression de baisser les bras. Et si l'on retournait à la maison des Toots ? Il doit bien y avoir un moyen d'entrer sans se faire voir. Je suis sûre que leur grenier renferme de vieux souvenirs !

Martin acquiesça et une heure plus tard, ils se retrouvèrent devant la grande demeure aux volets verts. Ils observèrent les alentours afin de s'assurer qu'ils étaient seuls et firent le tour de la maison. Seule une petite lucarne située au premier étage ne possédait pas de volets. Ils décidèrent d'en briser le carreau en lançant une grosse pierre. Ils allèrent récupérer une échelle dans la remise, dont la porte céda au premier coup d'épaule. Ce fut Ann qui fut chargée de pénétrer dans la demeure, la lucarne étant trop étroite pour Martin. Ce dernier la regarda disparaître avant de retourner devant l'entrée, sans cesser d'observer la route.

Quelques minutes passèrent, interminables pour le jeune homme, qui, impatient, refit le tour de l'habitation et grimpa à l'échelle. Lorsqu'il fut devant la lucarne, il appela. D'abord à voix basse, puis n'obtenant pas de réponse, de plus en plus fort. Il redescendit de l'échelle et refit le tour de la maison. La porte était toujours fermée. Il recommença son manège, de plus en plus inquiet, sentant la panique le gagner et n'obtenant toujours aucune réponse. Il tenta en vain de passer par la lucarne. Sans se préoccuper du bruit. Il finit par assener un grand coup de pied dans la porte d'entrée. Il entendit un cri.

- Ann, ouvre-moi ! Ann, qu'est-ce qui se passe ?

La porte s'ouvrit dans un grincement. Il aperçut la jeune femme, la main posée sur son cœur, qui lui cria :

- Ne me refais jamais cela ! Tu m'as fait une de ces peurs en tapant sur la porte au moment où j'allais l'ouvrir !

- Mais, que tu faisais, bon sang, je t'ai appelée !

- Je repérais les lieux ! Crois-moi, dans le noir complet, dans cette vieille maison, je n'étais pas rassurée. Au moment où j'allais t'ouvrir, tu as décoché un coup dans la porte. Je ne m'y attendais pas.

Martin promena un regard aux alentours avant de pousser Ann vers l'intérieur, et de refermer la porte derrière lui.

Ils ne distinguaient rien et furent obligés d'avancer à tâtons, râlant de ne pas avoir pensé à prendre leurs téléphones. Ils mirent quelques minutes pour monter à l'étage, marche par marche. Ils pénétrèrent dans la première pièce qui se présenta à eux. Martin ouvrit les volets.

- Je me sens mieux quand il y a de la lumière. C'était horrible complétement seule, tout à l'heure ! Regarde le portrait au-dessus de la cheminée, c'est peut-être la mère d'Helen.

Martin ne répondit pas et acquiesça simplement de la tête. Effectivement, il y avait une ressemblance flagrante avec Helen ; la pâleur du visage, cette tristesse…

Il lança un regard circulaire dans la pièce. Les meubles étaient très anciens. Il commença à fouiller les placards, sans rien y trouver de particulier. Il se tourna vers Ann qui l'avait imité.

- Je crois que l'on ferait mieux d'aller voir directement au grenier. Regarde, il y a des bougies dans ce tiroir. Tiens, prends-en une.

- Attends-moi, je ne suis pas rassurée, cria Ann en voyant son ami sortir de la pièce.

Ils trouvèrent rapidement l'escalier qui menait au grenier. La porte était fermée, mais elle céda sous le poids des deux jeunes gens. De nombreux cartons jonchaient le sol, ainsi que divers vieux objets. Ils se mirent à l'ouvrage. Ann finit par découvrir une malle qui renfermait quelques albums photos.

- Regarde ! C'est vraiment de vieux clichés, ils sont en noir et blanc et tous jaunis.

Ils consultèrent chaque page de chaque album sans y trouver le moindre tirage d'enfants. Il y avait seulement des photos montrant certainement les grands-parents d'Helen et quelques-uns de leurs amis.

Des vêtements désuets garnissaient le fond de la malle.

- Jette un œil sur ces vieilles chemises de nuit et ces bonnets. Qu'est-ce qu'ils devaient être ridicules, plaisantait Ann, en sortant les vêtements un à un. Elle tomba sur un paquet de lettres rassemblées par un ruban rose.

Martin les lui prit des mains. Elles étaient adressées à un certain Charles Edwin demeurant à Falgate. La première était datée du 5 décembre 1961, et Martin la lut à voix haute.

Mon cher Charles,

Je ne pense pas que tu me liras un jour, car ici, je suis surveillée. On m'interdit tout contact ou envoi de courrier. Mais t'écrire me fait du bien. Même si je sais que tu ne recevras peut-être jamais mes lettres. J'aimerais avant tout que tu me pardonnes pour ce que j'ai fait, et surtout que tu comprennes. Je n'avais pas le choix. C'était pour son bonheur.

Ce que je vis aujourd'hui est un enfer. Je sais que pour toi aussi. L'amour que j'ai en moi me fait tenir. Je garde espoir de te revoir un jour, car rien de ce que je subis ne détruira ce sentiment. Il est plus fort qu'eux.

Dès que je ferme les yeux, c'est toi que je vois et je suis comblée. Je t'aime.

Elisabeth

- C''est le nom de la mère d'Helen ! S'écria Ann, tout excitée. Elle avait un amant ! Lis vite les autres, je sens que l'on approche du but !

Martin ne se fit pas prier.

Mardi 15 décembre 1961

Mon cher Charles,

Nous attaquons les préparatifs de Noël, je me sens triste, j'ai envie de revoir ma fille.

Je veux être auprès de toi. Je sais qu'Harry est heureux, je le sens.

Malgré l'effet de leur traitement, mes pensées et mes rêves sont auprès de vous trois. Voici deux mois que je suis ici. Aide-moi à tenir, je t'en supplie ! Fais que je garde espoir.

Il n'est pas venu me voir, et je sais qu'il paie grassement l'asile pour qu'ils me gardent. Mais il ne m'obligera jamais à ne plus t'aimer. L'argent ne peut pas acheter cela.

Mon cœur est avec toi.

Elisabeth

Ann et Martin se regardèrent. Monsieur Toots avait fait interner sa femme pour cause d'adultère.

- Mais c'est un monstre. Il a une horrible façon pour remédier aux problèmes. Il présenter sa femme comme folle. Plus de problèmes ! s'écria Ann.

- Tu as entendu, elle parle de Harry ! Il reste deux lettres. Ecoute celle-ci ! coupa Martin.

Dimanche 20 décembre 1961

Mon cher Charles,

Je me sens de plus en plus faible. Je sais que ce sont les médicaments. Ils me surveillent nuit et jour, je ne peux parler à personne.

Je pense à Harry, au fruit de notre amour, je sais qu'il est heureux. Il sera élevé comme tous les autres petits garçons. Il doit manquer à Helen, elle l'aimait tant.

Aide-moi Charles.

Jeudi 24 décembre 1961
Mon cher Charles,

Je ne peux plus résister. Demain, c'est Noël, et je ne supporte pas d'être loin de toi et de ma famille. Je ne veux plus souffrir. J'ai cassé mon miroir afin de pouvoir m'ouvrir les veines. Si un jour, tu reçois mes lettres, sache que je t'ai aimé jusqu'au bout. Même la mort ne tarira pas cet amour. Je ne regrette en rien de t'avoir rencontré, car je suis heureuse de t'aimer.

Elisabeth

- Je la croyais morte dans un accident ! Maintenant, je comprends pourquoi le sujet de la mère d'Helen était tabou. Ils ne doivent pas être fiers dans la famille, déclara Ann. Tu crois qu'Helen a lu ces lettres ?

- Tout ce que je crois, c'est qu'une personne pourrait éclaircir tous ces mystères : Charles Edwin.

- Cherchons dans l'annuaire, peut-être vit-il toujours à Falgate ?

Ils remirent tous les cartons à leur place, puis quittèrent la maison. Ils repartirent vers le centre du village, en direction de la poste. Ils regardèrent, chacun leur tour dans l'annuaire, sans rien y trouver. Martin se renseigna auprès du guichetier.

- Allez voir le facteur, il pourra vous renseigner. Il habite à deux pas d'ici, la maison au toit de chaume et volets blancs, leur lança-t-il en guise de réponse.

L'adresse qu'il leur indiqua les mena à un charmant petit cottage. Un homme d'une cinquantaine d'années vint leur ouvrir. Il était petit et mince avec une chevelure rousse assez dégarnie. Il promena un regard interrogateur sur le couple.

- Veuillez nous excuser de vous déranger, commença Martin. Nous cherchons une personne qui pourrait habiter à Falgate. Un employé de la poste nous a dit que vous pourriez nous renseigner.

- Dites-moi son nom, lui répondit le facteur en souriant.

- Charles Edwin.

Son sourire disparut. L'homme les dévisagea avant de répondre :

- Vous êtes les employés d'Helen Toots et de son mari ? Tout le monde ici ne parle que de vous. Je ne sais pas ce que vous cherchez. Effectivement, Charles Edwin vivait ici, il y a bien longtemps. Il est parti de Falgate voilà plus de vingt ans sans prévenir qui que ce soit. Maintenant, veuillez m'excuser.

Et il referma la porte.

- Eh bien, les gens ne sont pas très coopératifs dans le coin, s'exclama Ann.

- J'ai une idée, ajouta Martin, l'air pensif.

- Et je peux savoir ?

- De retour chez nous, je chercherai tous les Charles Edwin qui vivent en Angleterre, tout simplement.

- Et pourquoi n'irais-tu pas ouvertement demander la vérité à Monsieur Toots ?

- Vu le contenu des lettres, je crois que nous avons tout intérêt à l'éviter. Je ne peux point dire qu'il m'ait accueilli à bras ouverts. Il était clair qu'il voulait éviter de me parler.

- Bon, eh bien si tu ne trouves plus d'intérêt à rester à Falgate, je te propose que l'on prenne le bus ce soir pour Falmouth. Ainsi on pourrait profiter de notre dernière soirée pour nous détendre.

Martin passa son bras autour du cou de son amie avant d'ajouter :

- Je suis d'accord avec toi. Allons vite faire nos valises et partons de cet endroit déprimant.

Et c'est ainsi que le soir venu, ils se retrouvèrent dans un restaurant de Falmouth, à savourer leurs dernières heures avant de retourner à Enfield.

Le lendemain, Robert les attendait sur le quai comme prévu.

Ann et Martin se séparèrent devant la maison de John Harods. Ils n'osèrent se laisser aller à une étreinte, par pudeur pour Robert et craignant que leur patron ne les observe.

Martin prit le chemin du retour. Quelques mètres plus loin, il bifurqua dans une des petites ruelles qu'il aimait tant.

Il arriva bientôt à la bibliothèque et, en habitué, il se dirigea tout droit vers les ordinateurs.

Trouver Charles Edwin était devenu sa priorité. Il débuta ses recherches sur des sites d'annuaires. Il découvrit seize Charles Edwin à travers toute l'Angleterre. Puis, il tapa le nom et l'adresse de chacun sur un moteur de recherche. Il trouva le portrait de neuf d'entre eux. Le plus vieux devait avoir la quarantaine. Il les élimina ainsi tous de sa liste. Il lui restait donc sept Charles Edwin sur qui enquêter.

Inscrivant les numéros, il rentra chez lui afin de pouvoir les appeler. Cinq répondirent, mais aucun ne correspondait à la personne recherchée. Pour les deux autres, un habitait Londres, le suivant, du côté de Liverpool. Il tenterait de rappeler ce dernier plus tard. Pour celui qui vivait à Londres, s'il n'arrivait pas à le joindre, il prendrait le bus 29 dès le lendemain pour lui rendre une visite.

Il était tard. Il commençait à ressentir la fatigue et la faim. Il se constitua un plateau repas devant la télévision avec un reste de fromage et du pudding. Les images sur l'écran défilaient alors que ses pensées vaquaient aux quelques jours passés avec Ann.

Puis, épuisé, il s'endormit sur le canapé…

VIII

Le bruit de la rue, perceptible par la fenêtre entrouverte réveilla Martin. Il frissonna, découvrant qu'il s'était endormi sur son divan.

Le réveil annonçait dix heures. La sonnerie du téléphone le fit sursauter. Étonné que l'on puisse l'appeler de bon matin, il pensa d'abord à un appel publicitaire, il hésita, puis finalement décrocha. C'était Ann. Il ne comprit pas immédiatement l'objet de son appel, le débit de ses paroles étant rapide.

- Attends, calme-toi ! Je n'ai rien compris. Tu parles trop vite.

- Désolée, mais ce que je viens de découvrir est tellement incroyable ! John a fait du tri dans ses papiers. En vidant la poubelle du bureau, je suis tombée sur les résultats d'un spermogramme qu'il aurait fait il y a un an. Sur le coup, je n'ai pas voulu le lire, mais la curiosité a été la plus forte. Eh bien, figure-toi que Monsieur Harods est stérile !

- Quoi ! Tu en es sûre ?

- Je te promets ! J'ai regardé à deux fois. C'était bien à son nom.

- Mais alors, la grossesse d'Helen ? Je ne comprends plus rien, c'est de pire en pire.

- Je suis seule aujourd'hui. Monsieur Harods a quitté la maison tôt ce matin. En ce moment, chaque matin, il disparaît pour la journée. Il rentre quand tout le monde est couché. Je me demande s'il ne fait pas une dépression. Quant à Robert, il rentrera vers seize heures. Tu ne veux pas venir ?

- J'arrive ! Je suis là dans trente minutes !

Un peu plus tard, Martin se retrouva devant un thé fumant assis en face d'Ann. Les yeux larmoyants de la jeune fille indiquaient l'émotion qu'elle ressentait. Elle tentait en vain de dissimuler ses larmes et n'osait pas parler de peur de ne pouvoir les retenir. C'est Martin qui rompit le silence le premier :

- Réfléchissons ! Tu m'as parlé d'un voyage que John et Helen avaient réalisé trois mois avant mon arrivée et qu'ils avaient écourté ?

Ann acquiesça de la tête. Martin continua :

- Tu m'as aussi dit qu'à leur retour, Helen passait ses journées seule dans sa chambre et qu'elle refusait de sortir ? Apparemment, ces vacances correspondent au début de sa grossesse puisqu'elle était enceinte de trois mois lorsque je l'ai vue pour la première fois.

Ann écarquilla les yeux, indiquant qu'elle venait de comprendre où Martin voulait en venir.

- Tu as raison, je n'avais jamais fait le rapprochement.

- Donc, il faut que l'on découvre ce qu'il s'est passé. Il y a plusieurs solutions ; soit Helen avait un amant et John l'a découvert, ce qui justifierait le retour précipité et le comportement de sa femme, soit...

- Non, cria son amie, je n'y crois pas. Pas elle ! Et puis, ils étaient jeunes mariés.

- Ou ils sont allés faire une fécondation In Vitro ou quelque chose de ce genre. Une fois qu'ils étaient sûrs que cela avait fonctionné, ils sont rentrés. Par la suite, Helen a évité de bouger pour avoir toutes les chances de réussite.

Il se tut, perdu dans ses réflexions. Soulagée par cette solution, Ann répondit le sourire aux lèvres :

- Oui, ce doit être ça ! Tout concorde ! Le retour, le fait qu'elle soit resté alitée.

- Oui, mais...

Ann fronça les sourcils, désapprouvant d'avance ce qu'il allait dire :

- Mais ????

- Mais, ce qui ne va pas, c'est le refus d'Helen d'avoir un bébé. Ce n'est pas logique de faire une FIV. et de refuser l'enfant par la suite.

- Il doit y avoir une raison plausible. Peut-être que des tests ont révélé que l'embryon avait des problèmes. Peut-être que le fait que ce ne soient pas les spermatozoïdes de John lui posait problème...

- Ou alors...

- Ou alors quoi ? Je n'aime pas cette expression, s'énerva la jeune fille.

- Ou Helen a subi un viol...

Un silence pesant plana. Ann resta bouche bée, éberluée par ce qu'elle venait d'entendre. Après un moment de silence, elle réussit à prononcer :

- Que me racontes-tu ? Un viol ! Complètement ridicule...

- Oui, mais cela expliquerait qu'elle ne voulait pas de cet enfant, ainsi que son retour inexpliqué avant la date. Est-ce que tu sais où ils sont partis ?

- Chez le frère de John. Il habite le centre-ville de Manchester.

- Demain, je compte aller à Londres pour rencontrer le dernier Charles Edwin. J'en profiterait pour aller aux archives du Times afin de vérifier les faits divers de février.

Ann ne put qu'acquiescer de la tête.

Elle n'avait pas la force de répondre quoique ce soit. Les mots semblaient bloqués au fond de sa gorge.

Martin ressentit l'émotion qui envahissait sa compagne. Il se leva et l'enlaça. Elle se laissa faire.

- Et si je t'enlevais, là, maintenant ! lui dit-il en riant, comme pour la rassurer.

Elle lui sourit :

- Pourquoi pas, mais pas aujourd'hui ! Par contre, je peux m'arranger pour être libre ce week-end. Monsieur Harods doit s'absenter et Robert peut se gérer tout seul.

- Génial ! Je t'enlève dans ma garçonnière.

- Bouh ! Grands dieux ! Quel romantisme !

Ils éclatèrent de rire. Ils passèrent le reste de l'après-midi à parler de choses anodines. Ils voulaient éviter le sujet concernant Helen. C'était surtout pour pouvoir apprécier au mieux ce moment à deux.

Puis, avant l'arrivée de Robert ou de John Harods, Martin prit congé en embrassant tendrement Ann.

IX

Le lendemain, Martin se leva de bonne heure pour se rendre à Londres. Il choisit d'aller avant tout aux archives du Times afin de ne pas déranger Charles Edwin, trop tôt le matin.

Il arriva devant le bâtiment à dix heures. Il poussa la porte. Une jeune fille aux longs cheveux auburn l'accueillit derrière un comptoir. Elle le salua et Martin exposa le motif de sa venue. L'employée l'écouta et acquiesça de la tête tout en s'adressant à lui :

- C'est la première fois que vous venez ?

- Oui, répondit Martin.

- Je vais vous demander de renseigner cette fiche, ensuite, je vous emmènerai à la salle des archives.

Il se conforma docilement aux formalités. Bientôt, il se trouva dans une pièce obscure, sans fenêtres, où une dizaine d'ordinateurs alignés sur une table centrale. Sur les murs, des étagères étaient recouvertes de boîtes cartonnées classées par ordre chronologique.

- Quelle date précise recherchez-vous ? demanda la jeune femme qui l'avait accompagné.

- Oh, j'en ai plusieurs.

L'employée attrapa la boîte correspondant à la date la plus ancienne. Elle lui fit signe de la suivre et alla s'installer devant un écran. Elle sortit un microfilm de la boîte et l'installa dans un appareil situé à proximité. L'écran s'éclaira presque aussitôt, et la première page d'un journal apparut.

- Voilà, ce n'est pas plus difficile que cela. Lorsque vous aurez terminé, vous appuierez sur ce bouton pour faire sortir le microfilm. Je vous demande de ranger la boîte à sa place avant d'en acquérir une autre. Au moindre souci, ne touchez à rien et n'hésitez pas à m'appeler, conclut-elle dans un sourire.

- Merci, c'est gentil.

Elle s'éloigna et Martin s'installa. Il fit défiler les pages tout en les lisant en diagonale.

Une heure fut nécessaire pour parcourir les microfilms. Rien, aucune piste. L'hypothèse du viol n'était peut-être pas la bonne. Il resta devant la mire de l'écran pendant quelques minutes, perdu dans ses réflexions avant de ranger le microfilm et de quitter la pièce.

Il lui restait la piste de l'amant de la mère d'Helen, Charles Edwin. Il prit congé de la jeune employée et s'empressa de sauter dans le métro. Il était environ midi, lorsqu'il arriva à l'adresse indiquée. Son cœur s'emballa au fur et à mesure qu'il approchait. C'était à tel point qu'il dut s'asseoir sur l'une des marches qui conduisaient à la demeure de l'homme.

Une porte s'ouvrit pratiquement aussitôt, laissant paraître un individu grand et encore élancé pour son âge. Il devait avoir environ soixante-dix ans. Il se précipita vers Martin.

- Eh bien jeune homme, ça ne va pas ? Je vous ai aperçu par la fenêtre.

Étonné, Martin le dévisagea. Ce visage, qui se présentait à lui, avait des traits fins. La douceur de la voix de cet inconnu le rassura.

- Si, si, tout va bien. Je ne sais pas ce que j'ai eu ; une sorte de malaise, mais je me sens mieux à présent. Merci beaucoup.

- Entrez chez moi ! Vous allez boire un verre d'eau. Je me présente, je m'appelle Charles Edwin et j'habite en haut de ces marches.

- Merci beaucoup Monsieur Edwin ! je me nomme Martin, répondit-il en se levant, heureux de cette invitation imprévue pour s'introduire chez son hôte.

Bientôt, il se retrouva dans le salon, un verre d'eau à la main.

- Je vous remercie infiniment Monsieur pour votre gentillesse, je ne sais pas ce que j'ai eu.

- Je vous ai vu par la fenêtre ; j'étais en train de m'occuper de mon orchidée. Ah, les orchidées, c'est ma passion. Regardez celle-là, c'est ma préférée... Enfin, bref, j'ai vu que vous sembliez intéressé par ma maison. C'est ce qui m'a intrigué. De ce fait, je vous ai observé. Puis je vous ai vu chanceler et vous asseoir. On se connaît jeune homme ?

Devant le regard profond du vieil homme, Martin se sentit comme un petit enfant qui n'ose avouer qu'il a pris le dernier bonbon en cachette. Il perçut la chaleur lui monter aux joues et dut s'armer de tout son courage pour trouver la force de répondre :

- Je travaille pour une famille où beaucoup de malheurs sont arrivés. Il semblerait que l'origine de leurs soucis remonte à vingt-cinq ou trente ans en arrière. L'histoire impliquerait un certain Charles Edwin, d'où ma visite chez vous. J'ai déjà contacté beaucoup de Charles Edwin, mais aucun ne correspond pour le moment.

- Vous m'effrayez. Dites un peu plus ! ordonna l'homme, presque sur un ton sévère. De quelle famille parlez-vous ?

- De John et Helen Harods lâcha Martin, presque intimidé.

L'homme se leva de son fauteuil, se caressa le menton comme pour l'aider à réfléchir, puis secoua la tête avant de répondre :

- Non, je ne vois pas. Ce nom ne me dit rien. Désolé de ne pouvoir vous aider, mais je pense que vous pouvez me rayer de votre liste.

- Le nom de jeune fille d'Helen était Toots, cria presque Martin.

Son hôte eut un mouvement de recul. Les yeux effarés, il examina ce jeune inconnu, incrédule. Au bout de quelques secondes, il se laissa tomber dans le fauteuil le plus proche de lui, et déclara, presque dans un souffle :

- Tout cela est si loin !

Des larmes apparurent au bord de ses paupières. Martin sentit sa gorge se nouer, prêt à pleurer. C'était lui, c'était Le Charles Edwin. Il ne dit rien, attendant que son interlocuteur reprenne ses esprits, ne désirant absolument pas le brusquer. Puis au bout de quelques secondes, ce dernier reprit :

- Je veux savoir qui vous êtes réellement !

Martin se présenta et raconta toute l'histoire. La sienne, celle d'Helen et les courriers découverts dans le grenier de la maison de Falgate. L'homme l'écouta sans sourciller et n'eut aucune réaction à la fin du récit. Martin l'observait, dans l'attente d'un signe, d'un geste. Son cœur battait très fort. Et s'il était le frère d'Helen, cet homme serait son père.

Il n'osait pas respirer, il était dans l'attente. Pourquoi ne disait-il rien ? Il l'observa et ne lui trouva aucun trait de ressemblance. Rien !

Charles Edwin semblait revenir à lui. D'une voix calme et posée, il s'adressa au jeune homme :

- J'ai infiniment aimé Elisabeth. Elle a représenté l'amour de ma vie. Nous avons eu un enfant ensemble, Harry. Au début, son mari ne s'est douté de rien. Cet homme était un tyran qui terrorisait ma pauvre Elisabeth. Lizy comme j'aimais l'appeler. De plus, il possédait beaucoup de contacts influents, des personnalités haut placées. Un jour, il a surpris une conversation téléphonique entre Lizy et moi. Il l'a obligée à dire la vérité. Elle l'a menacé de partir avec moi et de le quitter, avec sa fille Helen et son frère. Mais, quand on appartient à John Toots, on ne peut pas le quitter… Ce soir-là, il est entré dans une violence extrême. Il n'a eu qu'un coup de fil à passer pour faire interner Elisabeth pour folie et dépression. Je ne sais pas ce qu'est devenu notre fils. De mon côté, j'ai essayé de savoir où étaient Lizy. On m'a arrêté pour intrusion dans la demeure de John Toots. Il m'a accusé de vol et a réussi à me faire condamner. J'ai perdu mon emploi, ma maison. Les gens m'ont tourné le dos, redoutant John Toots. Je n'ai rien pu faire ! Puis j'ai été informé de la mort de Lizy….

Il prononça ces dernières paroles dans un sanglot, et enfouit sa tête dans ses mains. Martin tenta :

- Croyez-vous que je puisse être votre fils ?

L'homme se redressa :

- Je ne sais malheureusement pas ce qu'il est devenu. Il devrait avoir approximativement votre âge aujourd'hui, effectivement. Le seul qui pourrait résoudre cette question est John Toots… Mais comprenez-moi. J'ai tant enduré. J'ai du mal à accorder ma confiance aujourd'hui. Qui me dit que ce que vous me racontez est exact ? Peut-être avez-vous eu vent de cette histoire et vous en profitez ?

Martin eut un mouvement de recul, surpris par les mots de Charles Edwin. Le ton de sa voix avait changé et l'on était en mesure de percevoir toute l'amertume dans ses paroles, comme si l'on avait pu les palper.

Martin ne trouvait aucun mot pour répliquer. Il avait envie de se défendre, mais le ton employé et cette suspicion l'avaient refroidi et le laissait coi. Le vieil homme en prit conscience et se radoucit :

- Désolé, je ne voulais pas être brusque, mais comprenez-moi. J'ai été manipulé. Je vis depuis plus de vingt-cinq ans avec cette douleur en moi qui m'a fait perdre toute confiance en l'être humain. Ce n'est pas spécialement contre vous. Mon cœur meurtri et ma tête me mettent en garde.

Martin ne répondit rien. Il n'arrivait toujours pas à articuler. Les mots restaient coincés dans sa gorge. Lui aussi avait souffert. Lui aussi voulait connaître la vérité. Il était sincère et se sentait blessé que l'on puisse mettre ses paroles en doute. Il réussit à articuler deux mots qu'il ne ressentait pas du tout :

- Je comprends.

Il se leva, prêt à prendre congé de son hôte et lui tendit la main :

- Je suis désolé de vous avoir importuné. Ma démarche était sincère. Je recherche vraiment mes parents. J'aurais dû vous amener le courrier d'Helen m'indiquant que je pouvais en effet être son frère. Je vous le ferai parvenir par la poste et vous déciderez de la suite que vous voulez donner à cette histoire. Au revoir, Monsieur Edwin. Vous avez raison, ma démarche ne pouvait que vous perturber.

- Attendez jeune homme. Laissez-moi le temps de la réflexion. Je vous recontacterai. Je veux bien lire la lettre d'Helen. Ne m'en veuillez pas de douter.

- Non, ma réaction était puérile de croire que tout serait magique. Bien sûr qu'à votre place, je serais sur mes gardes. Je vous envoie une copie de la lettre dès que je rentre. Merci pour tout.

Il tourna les talons et se dirigea vers la porte. Il adressa un sourire dans un hochement de tête au vieil homme et referma la porte.

Doucement, il descendit les marches du perron et s'engagea dans la ruelle quand il perçut son nom. Il n'en eut pas conscience immédiatement et il fallut qu'il l'entende plusieurs fois pour enfin réagir. Il se retourna. Charles Edwin était sur le perron. Il lui adressait des signes. Martin crut que les battements de son cœur allaient faire exploser sa cage thoracique. Il ne courut pas afin de ne pas montrer son empressement, mais ses pas furent rapides. Il s'arrêta en bas des marches et interrogea Charles des yeux. Celui-ci le regarda gravement et lui dit :

- Jeune homme, je ne veux pas laisser passer cette occasion. Je suis disposé à effectuer un test ADN si vous êtes d'accord.

- Bien sûr ! S'écria Martin dans un élan qui le surprit lui-même.

- Rentrez, je vais appeler le laboratoire où j'ai l'habitude d'aller afin de connaître les démarches à effectuer.

Martin le suivit à l'intérieur et l'attendit dans le hall. Il avait envie de hurler, de sortir et de courir droit devant lui. Il avait l'impression que tout son corps était en train d'exploser. Il voulait appeler Ann pour lui raconter. Il ne tenait plus en place.

Bientôt, Charles Edwin réapparut, l'air toujours aussi grave. Ce dernier se mit à le tutoyer :

- J'ai eu les informations, petit. Tout d'abord, sache qu'il n'y aura rien de légal dans la démarche. Pour cela, il faut passer par un homme de loi avec un motif valable afin de bénéficier de l'accord d'un juge. Et John Toots a éventuellement encore beaucoup d'influence. On risque de ne jamais obtenir cet accord.

- Pas de problème, je veux juste savoir. Tant pis si ce n'est pas légalisé... En cas de test positif, ajouta-t-il en souriant.

- D'accord, on se lance ! Le laboratoire va nous commander un kit dès que nous lui apporterons un courrier de consentement de la part de chacun de nous deux. Puis rien de plus simple. On va recevoir le matériel pour que nous soyons à même de prélever un échantillon de salive. Il en faudra deux afin de pouvoir croiser les résultats avec un autre laboratoire. C'est juste un frottis buccal, c'est indolore. Ils m'ont dit qu'ensuite, nous obtiendrons les résultats sous une semaine. Toujours partant ?

- Passez-moi une feuille et je vous donne mon consentement écrit sur-le-champ, lança gaiement Martin.

Une heure plus tard, le jeune homme prit congé. Charles le rassura :

- Je m'occupe de tout, dès aujourd'hui. Je t'appelle à la réception du kit.

- Merci, à très bientôt.

- À bientôt Martin... Prends soin de toi.

X

Martin se précipita chez John Harods. Il avait besoin de partager avec Ann, ce qu'il venait de vivre. Il grimpa l'escalier deux par deux et actionna la sonnette, le sourire aux lèvres. La jeune fille vint lui ouvrir. Son visage présentait une expression de tristesse.

- Oh Martin ! Je suis ravie de te voir, lui dit-elle en l'embrassant. Entre, tu apportes un peu de gaieté et de réconfort. Monsieur Harods est dans sa chambre. Il refuse de s'alimenter ou de voir qui que ce soit. Je suis persuadé qu'il fait une dépression.

- Tu as appelé un médecin ?

- Oui, mais je n'en sais pas plus. Après sa visite Robert est parti à la pharmacie. John Toots est venu le voir aussi. Je me sens si impuissante. Personne ne veut rien me dire…

Elle se laissa choir sur une chaise et regarda Martin, avant de continuer :

- Mais toi, tu avais l'air si enthousiaste. Qu'est-ce qu'il t'arrive ?

Le jeune homme lui révéla les événements des dernières heures. Il avait du mal à contenir sa joie. Cependant, il n'osait pas trop l'exprimer par respect pour la situation et la peine que ressentait celle qu'il aimait.

Ann joignit ses mains et leva les yeux tout en déclarant :

- C'est merveilleux, je suis si heureuse pour toi. J'espère que le dénouement sera satisfaisant.

- Je ne tiens pas à m'emporter pour le moment. Mais même si c'est négatif, je désire savoir. Je ne veux pas être en proie au doute. Ce serait pire que tout.

- Je comprends. Prends-moi dans tes bras. J'ai besoin de tendresse, d'un moment câlin… Avec toutes ces émotions.

Martin la serra très fort contre lui. Au même instant, ils entendirent une porte claquer et des bruits de pas dans l'escalier.

Ann se dégagea doucement des bras de son amant, au même moment où John Harods apparut dans la cuisine.

Ce dernier eut un mouvement de recul en apercevant le couple. Il les toisa d'un regard glacial. Martin fit mine de ne s'apercevoir de rien :

- Bonjour Monsieur Harods, je passais voir Ann.

John ne broncha pas. Il ne le quittait pourtant plus des yeux. Un silence pesant régnait. Puis, comme s'il revenait à lui, il se retourna et quitta la pièce. Les deux jeunes gens se regardèrent, complètement désorientés. Ils entendirent des bruits de verres qui s'entrechoquaient, puis des jurons. Ann se précipita dans le couloir, juste à temps pour voir John remonter les escaliers. Il tenait une bouteille de bourbon dans une main, un verre dans une autre.

La jeune fille eut envie de le sermonner, mais elle se ravisa. Elle courut dans le jardin tout en appelant Robert. Il apparut presque aussitôt. Elle lui raconta la scène. Il se contenta de hocher la tête et rentrer dans la maison. Nonchalamment, il monta les escaliers. Ann rejoignit Martin dans la cuisine.

- Toujours aussi bavard, je vois ! ne put-il s'empêcher de dire, d'un ton amer.

Son amie ne répondit pas. Elle se contenta de hausser les épaules comme pour ignorer ses paroles. Une minute plus tard, ils l'entendirent redescendre.

Robert rejoignit Ann dans la cuisine mais fut surpris de la présence de Martin :

- Monsieur Harods demande qu'on le laisse tranquille ce soir. Il ne veut pas être dérangé.

- Mais, et tout cet alcool ! Il est sous antidépresseurs ! répliqua la jeune fille.

- Pour ce soir, laissons-le faire, une fois n'est pas coutume et si cela peut l'aider pour cette nuit... Pour ma part, je dois m'absenter. Monsieur Toots m'a fait demander. Je rentrerai tard. Bonsoir !

Sans un regard pour Martin, il tourna les talons et disparut avant qu'Ann ne puisse répliquer quoi que ce soit. Martin resta interloqué devant cette scène. Lui qui était venu exprimer son excitation, il se retrouvait au milieu d'un drame. Il sentait son amie dépitée de se retrouver seule dans de pareilles circonstances, aussi, il tenta un brin d'humour :

- Tu sais, toutes mes conquêtes sont occupées ce soir. Mon frigo est vide et en plus, il n'y a pas de bon film à la télé. Alors si tu veux bien de ma compagnie... Mais sache que je meurs de faim.

Le jeune homme lut le soulagement dans le regard d'Ann. Elle répondit par un sourire :

- Merci, je t'avoue que je suis contente que tu restes. On ne sait jamais si John boit trop. Seule, j'ai peur de paniquer ou de ne pas savoir quoi faire. Mais ne t'inquiète pas, j'ai décrypté le message, je vais te concocter un bon petit repas. Tu m'aides ?

- À vos ordres Chef !

Malgré les circonstances, ils passèrent un agréable moment, restant quand même à l'affût du moindre bruit qui pouvait provenir de la chambre de John.

Rien ne vint perturber ce moment de complicité.

Ils dressèrent une jolie table et savourèrent un délicieux repas concocté par Ann. Puis, une fois le dessert avalé, elle alla préparer une tisane pendant que Martin débarrassait la table.

Ils avaient retrouvé leur joie, presque insouciants, lorsqu'ils entendirent une porte claquer et des pas dans l'escalier. John apparut devant eux, portant la bouteille, à moitié vide. Il s'appuyait sur l'encadrement de la porte afin de se stabiliser et arbora un air concentré pour arriver à articuler :

- Ann, sortez deux verres… Je veux que vous trinquiez avec moi… On va trinquer à Helen, cria-t-il en appuyant sur chaque syllabe.

- Mais, Monsieur Harods, vous avez déjà bien bu !

- Ta, ta, ta, ma petite Ann. Vous appréciiez ma femme ?

- Oui, Monsieur, beaucoup.

- Alors, trinquons à sa mémoire. Ce soir, je veux boire en son honneur avec mes nouveaux amis. Et vous savez pourquoi ?

- Non, Monsieur ! Mais calmez-vous.

- Parce qu'Helen était une sainte. Oui, oui, une sainte.

Il insista sur le dernier mot, tout en essayant de maintenir son équilibre. Son verre lui échappa des mains. Il se brisa en petits morceaux et le liquide se répandit sur le sol.

Insouciant de l'incident, John continua d'une voix saccadée :

- Je vais chercher des verres. Il faut trinquer à la mémoire d'Helen.

Et il s'éloigna. Les deux jeunes gens se regardèrent. Ils ne savaient quelle attitude prendre. Martin chuchota :

- Prenons un verre avec lui. Quand il sera calmé, on le reconduira dans sa chambre.

- D'accord ! Je n'aime pas le voir dans cet état. Je suis extrêmement contente que tu sois resté. Merci.

Elle ramassait encore les morceaux brisés que John était déjà de retour, avec trois verres et une nouvelle bouteille. Un pas en avant en amenait un autre en arrière. Il mit ainsi un moment à atteindre la table de la cuisine. Il tira une chaise pour lui et ordonna :

- Que mes nouveaux amis prennent place !

Les deux jeunes gens s'exécutèrent. Ils s'assirent avec lui autour de la table. Il versa du bourbon dans chacun des récipients aux trois-quarts et leva le sien. Ils firent de même, laissant John mener la conversation :

- À Helen ! ... Et au bébé qu'elle ne voulait pas... Vous n'en saviez rien ? Non, hein ?... Eh bien moi, je tenais à le garder ce bébé. Mais pas elle ! Helen était une personne têtue et quand elle ne voulait pas quelque chose...

Il avala une gorgée. Ann et Martin ne disaient rien, le laissant continuer son monologue :

- Eh, oui, elle était déterminée à s'en débarrasser, et elle l'a fait !

Il se mit à sangloter, puis se reprit presque aussitôt :

- Elle l'a tué ! C'était notre enfant. Il avait son sang et celui de ma famille. Elle a tué notre bébé ! Vous entendez, NOTRE petit ange !

- Essayez de vous calmer, Monsieur. L'alcool vous fait raconter des choses désagréables, tenta Ann.

- Non, hurla-t-il, je sais ce que je dis. Elle a tout fait pour le perdre. Elle a réussi !

Il sanglotait. Les deux jeunes gens se regardèrent, effarés, n'osant pas dire ou faire quoi que ce soit. Profitant de ce silence, John sécha ses larmes du revers de sa manche et continua :

- C'était une chance inouïe ! Un malheur, certes, mais une chance fabuleuse qu'il fallait saisir. Steve, mon propre frère, vous vous rendez compte, mon propre frère ! répétait-il.

Ann et Martin commençaient à comprendre. Horrifiée, la jeune femme se leva d'un bond, renversant sa chaise :

- Non ! Helen et... ! Non, c'est impossible !

John explosa d'un rire qui faisait froid dans le dos. Il avala une nouvelle gorgée et dit :

- Si, mon propre frère... Un soir où j'étais absent. Elle m'a juré qu'elle s'était débattue. Lui-même ne justifie pas son geste. Une soi-disant impulsion. Ils se sont croisés dans le couloir alors qu'elle sortait de la salle de bains en peignoir. Il a cru qu'elle cherchait à le séduire. Il n'a pas compris ses cris. Et plus elle se débattait, plus il avait envie d'elle... Mon frère, mon propre frère...

Il se tut, baissa les yeux et se mit à fixer le sol, perdu dans ses pensées. Des larmes coulaient sur les joues d'Ann. Martin lui prit la main. Il ne trouva rien d'autre à faire pour la rassurer.

Tout à coup, John reprit :

- Nous sommes aussitôt rentrés à la maison. Peu de temps après, elle a appris qu'elle était enceinte. Elle ne l'a pas supporté. Mais moi, je voulais le garder, cet enfant. Il avait le sang de ma famille. Ils avaient tous raison. Une occasion unique pour moi !

Il se leva, attrapa la bouteille et la jeta contre le mur face à lui. Ann et Martin se protégèrent les yeux de leurs bras. Des morceaux de verre se répandirent dans toute la pièce. John, dans un élan, quitta les lieux. Ils entendirent la porte d'entrée claquer.

La maison retrouva son calme. Martin s'approcha d'Ann, qui restait comme paralysée. Il l'entoura de ses bras et la serra contre lui. Ils demeurèrent un long moment ainsi, plongés dans leurs pensées. Ce qu'ils venaient d'apprendre les horrifiait et ils étaient sous le choc. Helen avait traversé des moments difficiles, seule contre tous.

Le propre frère de son mari l'avait violé. Et plutôt que d'être soutenue et que le coupable soit puni, son mari avait vu là une occasion d'avoir un enfant avec du sang de sa famille dans les veines. L'occasion qui compenserait ainsi le fait qu'il soit stérile ! Et les deux familles avaient dû vouloir étouffer l'affaire.

C'est Ann qui réagit la première. Sans bouger et dans un souffle, elle lâcha :

- Helen est morte à cause de tout cela ! C'est la faute de John si elle s'est suicidée. Et moi qui m'apitoyais sur la dépression de John. Mais ce n'est rien ! Cela n'expie pas sa faute à mes yeux. Je veux qu'il souffre. Il faut que je parte d'ici. Je ne peux pas rester une minute de plus dans cette maison !

Martin la repoussa tout doucement et la fixa dans les yeux, les mains sur ses épaules avant de lui dire gravement :

- Réfléchis bien à ce que tu veux faire. Si c'est ton souhait de partir, tu peux venir t'installer chez moi. Sinon, je t'aiderai à trouver un endroit où te réfugier.

- Mais bien sûr que j'ai envie de venir chez toi. Laisse-moi préparer mes affaires et nous partons. Par contre, je ne sais pas si tu es d'accord, mais demain je veux aller à la police. Pour la mémoire d'Helen. C'est trop grave et je ne veux pas voir son frère s'en tirer sereinement et avec les honneurs après avoir mis Helen enceinte.

- Je te soutiens. Nous irons ensemble demain. Veux-tu que je vienne t'aider à préparer tes affaires ?

- Non, ce sera rapide. Je t'appellerai si j'ai besoin.

Elle disparut en prononçant les dernières paroles. Martin s'adossa au mur. Il était encore sous le choc de ce que John leur avait révélé. Il fixait les morceaux de verre répandus sur le sol de la cuisine. Tout commençait à s'embrouiller dans sa tête.

Il songeait à Charles Edwin, à Elisabeth, la mère d'Helen, qui avait vécu, elle aussi, un destin tragique. Il se rappelait les conversations qu'il avait eues avec la jeune femme. Il repensa au courrier qu'Helen lui avait écrit. Il se rappela John Toots, cet homme aux allures de patriarche. Cet homme malhonnête qui usait de son influence pour gérer le monde et faire du mal aux gens qui l'aimaient.

Ann avait raison, il fallait dénoncer John et son frère. Ainsi, le secret qui pesait sur cette famille serait révélé.

Plongé dans ses pensées, il n'entendit pas son amie descendre l'escalier péniblement, chargée de deux valises et d'un gros sac.

- Tu aurais dû m'appeler, la gronda-t-il !

- Je l'ai fait, mais apparemment, tu ne m'as pas entendue. Tiens, si tu peux prendre cette valise, elle est vraiment très lourde.

- Donne-moi ton sac, je vais le prendre aussi.

Ann rédigea un mot sur un bout de papier qu'elle laissa sur la table. Ils quittèrent ainsi les lieux.

Lorsqu'ils arrivèrent sur le trottoir, la jeune fille s'arrêta et observa la demeure. La nuit lui conférait une allure lugubre.

Elle ne pouvait s'empêcher de la fixer, comme pour la graver dans sa mémoire. Au bout d'un moment, elle jeta les clés dans la boîte aux lettres et se tourna vers Martin pour lui dire en souriant :

- On y va ? Une nouvelle page s'ouvre pour nous.

Elle lui jeta un baiser furtif. Le jeune homme lui redonna son sourire malgré l'amertume qu'il ressentait. Main dans la main, ils se dirigèrent vers l'appartement de Martin.

Quand ils furent arrivés, Martin laissa entrer son amie en premier. Il la guida vers la chambre où elle y posa ses affaires.

Ils conclurent qu'ils auraient du temps le lendemain pour tout ranger. Après une rapide visite de l'appartement, la jeune fille lui fit remarquer que l'endroit était sans vie et qu'il manquait de décoration :

- Je vais transformer ta garçonnière en petit cocon pour amoureux, lui dit-elle en gloussant.

Puis se jetant sur le canapé :

- Je sais qu'il est tard, mais je n'ai pas envie d'aller me coucher maintenant. Je suis trop nerveuse. Je suis encore pleine d'émotions. J'ai du mal à me remettre de la scène de ce soir.

- Moi aussi. Je vais nous préparer un thé. Mets-toi à l'aise en attendant. Je reviens sous peu.

Quinze minutes plus tard, ils se retrouvèrent côte à côte, devant une tasse fumante.

- Tu te rends compte, commença Ann. Nous ne nous sommes aperçus de rien pendant tous ces mois. Même quand ils sont revenus de leur séjour chez le frère de John… Quand je pense à ces deux monstres. C'est épouvantable ! J'avais tellement confiance en John.

- Et moi donc. J'ai passé des après-midis entiers avec elle, des moments anodins à parler littérature, rétorqua le jeune homme. Je m'en veux tellement de n'avoir rien vu, ni deviné. J'aurais dû la faire parler un peu plus d'elle-même. Je la sentais en confiance, j'aurais dû. Je suis sûr qu'elle aurait fini par se confier…

Il se tut et alla vers un petit meuble dans un angle de la pièce. Il en ouvrit le tiroir et tendit une lettre à son amie qui la saisit :

- C'est la lettre que m'a envoyée Helen.

Il la laissa lire et guetta sa réaction qui ne tarda pas. Elle le regarda droit dans les yeux et lui dit :

- Effectivement, il y a une possibilité que Charles Edwin puisse être ton père !

- Il me tarde d'effectuer ce test ! Je me sens si mal. Pourquoi tant de malheurs autour de ma vie ? Qu'ai-je fait de mal ? Si Helen était ma demi-sœur, pourquoi me l'a-t-on arrachée ?

Les larmes apparurent au bord de ses yeux. Ann l'enlaça, prête à pleurer, elle aussi.

- Je n'ai aucune réponse, Martin. Je ne sais pas... Je ne sais pas...

Devant l'heure tardive, ils conclurent qu'il valait mieux aller dormir. La nuit fut agitée et ils eurent du mal à trouver le sommeil.

XI

La lueur du jour, à travers le rideau, réveilla Martin le premier. Il observa celle qu'il aimait, heureux qu'elle soit là, avec lui. Tout doucement et sans émettre de bruit, il se leva afin de préparer deux thés. Il revint à la chambre, peu de temps après, avec deux tasses pleines sur un plateau et une assiette garnie de toasts beurrés.

Ann ouvrit les yeux à ce moment-là et l'accueillit avec un sourire. À la vue du petit-déjeuner, elle se redressa, replaça les coussins et tapota la couette pour faire place au plateau.

- Génial, un petit-déjeuner au lit, s'enthousiasma-t-elle !

- Eh, oui ! Je sais recevoir !

- Plains-toi, toutes les fois où je t'ai servi !

Elle fit mine de façonner une moue. Martin se glissa auprès d'elle et l'embrassa tendrement.

Il était dix heures lorsqu'ils furent prêts, désireux de se rendre au poste de police le plus rapidement possible. Angoissés par les événements, mais le cœur léger de se retrouver ensemble, ils firent le trajet main dans la main.

Quand ils arrivèrent au commissariat, ils se présentèrent et racontèrent les aveux de John. Le policier qui les accueillit, eut une expression de surprise, mais ne formula aucune question. Il leur demanda de s'asseoir dans le hall, un inspecteur ne tarderait pas à les recevoir.

Ils attendirent ainsi une vingtaine de minutes sans que personne s'intéresse à eux. Martin était sur le point de retourner voir le policier quand un grand type maigre, vêtu d'un jean et d'un pull-over gris se dirigea vers eux. Les deux jeunes gens furent surpris. Ils s'étaient représenté une autre idée d'un inspecteur de police. Ils l'avaient imaginé proche de la soixantaine et en costume. Le jeune homme qui se dirigeait vers eux semblait ne pas être plus vieux qu'eux et ressemblait plus à un livreur qu'à un policier :

- Inspecteur Reed, s'annonça-t-il en tendant la main. Ravi de vous rencontrer. Suivez-moi, allons dans une autre pièce où nous serons mieux installés et davantage tranquilles.

Les deux jeunes gens percevaient la tension monter. Devant le fait accompli, ils commençaient à douter de leur démarche. Ils se regardèrent cherchant dans l'autre un soupçon de motivation pour continuer et dénoncer John et son frère. Ils finissaient même par se demander si toute cette histoire était vraie. Peut-être que John avait tout inventé sous le coup de l'alcool et de la dépression.

- Prenez place, ordonna l'inspecteur en indiquant deux fauteuils club près d'une petite table.

Le couple pénétra dans la pièce, qui ressemblait plus à un petit salon. Ils furent étonnés de ne pas voir de bureau. Ils s'installèrent pendant que le policier s'asseyait face à eux sur une banquette, après avoir attrapé un bloc-notes. Il les regarda, l'un après l'autre avant de commencer :

- Avant toute chose, je vous remercie de bien vouloir me décliner vos identités, et vos relations avec Monsieur Harods.

Martin s'exécuta le premier, surpris que le jeune inspecteur connaisse le nom de John. Il l'avait à peine formulé à l'agent de l'accueil. Puis, vint le tour d'Ann. Une fois les formalités d'usage faites, ils racontèrent la scène de la veille. Le policier prit des notes et attendit la fin de l'histoire pour demander :

- Et ensuite, avez-vous revu Monsieur Harods ?

- Non, nous sommes partis chez moi, où nous avons dormi. Puis ce matin, nous sommes venus directement ici.

- Bon… Je vais être direct. John Harods s'est constitué prisonnier lui-même dans le courant de la nuit. Rongé par les remords, il est venu tout avouer. Pour le moment, il est en cellule de dégrisement.

- Mon Dieu, s'exclama Ann ! Où est-il ? Il est ici, dans vos locaux ? Comment va-t-il ? Que va-t-il lui arriver ? C'est son frère le vrai coupable !

- Du calme Mademoiselle ! Cette affaire est beaucoup plus dramatique que vous ne le pensez.

Les jeunes amoureux se figèrent, n'imaginant pas qu'il puisse y avoir pire.

- Co… Comment cela ? réussit à formuler Martin.

L'inspecteur arbora un air solennel et se cala dans le dossier de la banquette avant de poursuivre :

- Votre témoignage est très capital. Cela viendra conforter ses aveux après une nuit de dégrisement. Maintenant, Monsieur Harods va être présenté au juge dans l'après-midi en comparution immédiate afin que ce dernier puisse statuer sur son sort.

Il prit une longue inspiration, croisa les bras et continua :

- À l'occasion d'un séjour chez son frère Steve, John Harods a dû s'absenter. Son hôte en a profité pour courtiser sa belle-sœur. Devant son refus, les choses se sont envenimées et la suite, vous la connaissez. La famille a essayé d'étouffer l'histoire avec la complicité de John Toots, qui détient des intérêts dans les affaires de la belle-famille. De plus, avec la stérilité de Monsieur Harods, tout le monde s'est accordé à dire que c'était une bonne chose. L'enfant serait quand même un Harods.

- Mon Dieu ! s'exclama Ann. C'est abominable pour Helen !

- Effectivement, elle a refusé cet enfant et elle est tombée en dépression. Elle a appelé au secours en inventant des histoires pour nous faire venir. Il y a la fois où elle avait imaginé que quelqu'un avait pénétré dans la chambre par la fenêtre. Aussi, c'est pour cela que son mari a fini par la faire interner dans une maison de repos, du côté de Bath. Elle devenait trop dangereuse.

Les amants se regardèrent. Le courrier que Helen avait envoyé venait de Bath. Ils n'interrompirent pas le policier qui continua :

- Et puis Monsieur Harods a formulé d'autres aveux au sujet du décès de sa femme. Le soir de sa mort, il était avec elle dans la chambre. Elle ne voulait plus le voir. Une dispute a éclaté entre eux.

Il a essayé de lui faire entendre raison. Elle lui a demandé de partir. Elle désirait qu'il disparaisse de sa vie, de sa vue. Il l'a suppliée d'arrêter de hurler et il a essayé de la prendre dans ses bras. Elle s'est reculée vers la fenêtre ouverte et a menacé de sauter s'il avait le malheur de poser ses mains sur elle. Il a voulu la retenir et l'a attrapée par les épaules. Elle s'est débattue et a basculé accidentellement par la fenêtre.

- Mon Dieu ! S'exclama Ann.

- Le directeur de l'établissement a cru à la version de Monsieur Harods, surtout sachant l'état de dépression dans lequel Helen se trouvait. John lui a affirmé qu'elle avait sauté avant qu'il ne pénètre dans la chambre. Une enquête de routine a bien été menée, mais les apparences et le compte-rendu des médecins étaient là pour corroborer la version.

Le policier se tut et observa les deux jeunes gens qui ne disaient mot, comme paralysés par ce qu'ils venaient d'entendre.

- Voilà, vous savez tout. Le décès de Madame Harods a fait basculer son mari dans la culpabilité. Vous connaissez le reste, dépression et aveux, puis auto-dénonciation à la police.

- Je vivais sous le même toit et je n'ai rien vu, s'écria Ann. J'aurais dû sentir quelque chose, m'intéresser plus à Helen quand je l'ai vue sombrer.

- Ne vous en voulez pas. Vous ne pouviez rien faire. Maintenant, à moins que vous n'ayez des questions, je vais vous conduire à mon collègue. Il va prendre vos dépositions sur la soirée d'hier, ajouta l'inspecteur en se levant. Et surtout, n'omettez pas ce que vous avez découvert lors de vos investigations dans la propriété familiale de Falgate.

Ils acquiescèrent et le suivirent. Ils pénétrèrent dans un petit bureau où attendait un jeune homme derrière un ordinateur. Ce dernier les accueillit. Il leur indiqua deux chaises de l'autre côté du bureau afin qu'ils prennent place.

Quand ils sortirent du commissariat, il était près de treize heures. Ils avaient vécu l'entretien comme des automates. Depuis le récit de l'inspecteur, ils n'avaient pas échangé un mot.

Être à l'extérieur leur fit du bien. Ils respirèrent à pleins poumons comme s'ils avaient manqué d'air.

Sans un mot, Martin prit la main de son amie et l'entraîna dans un petit snack à proximité. Ils s'installèrent sur la terrasse pour déjeuner. Cette pause leur permit de laisser libre cours à leurs pensées et ressentis. Ann commença :

- Toute cette histoire m'a retournée. Cette famille est malsaine et Helen en a été la victime. Tu as entendu l'inspecteur quand il a dit à son collègue que des têtes allaient tomber ?

- Oui. Apparemment, il y a de fortes chances pour que tous les membres de la famille soient condamnés, eux aussi, pour avoir cherché à étouffer l'histoire. J'espère que le père d'Helen sera reconnu coupable lui aussi ! Influent ou pas, les journaux vont le traîner dans la boue. Bien avant que quelqu'un n'étouffe l'affaire pour lui… Tu imagines les titres, son propre père…

- Il n'aura que ce qu'il mérite, au nom d'Helen et aussi d'Elisabeth. Cette pauvre femme qu'il a fait enfermer pour l'éloigner de son amant. Ce Toots n'est qu'un monstre qui a encouragé sa femme au suicide. Ce même tyran qui est à l'origine de la disparition d'un petit garçon innocent. Un enfant qu'il a privé de son père et de sa mère. Quel gâchis ! Il me tarde que les policiers le fassent parler. En tout cas, notre histoire les a bien intéressés.

Ils achevèrent leur repas en se remémorant chaque détail et événement. Ils décidèrent par la suite de rentrer chez eux, exténués par ce qu'ils venaient de vivre. Sur le chemin du retour, ils en profitèrent pour acheter des petits rangements et des décorations afin d'améliorer leur confort et surtout, se changer les idées.

XII

Le lendemain, Charles Edwin téléphona à Martin pour lui indiquer qu'il avait reçu le kit pour procéder au test ADN.

Martin ne se fit pas prier et l'après-midi même, accompagné de son amie, il se rendit chez Charles. Ils lui racontèrent les derniers événements. Charles avait suivi l'affaire grâce aux journaux télévisés. Il fit part de son amertume pour tout ce gâchis dû à un homme abject comme John Toots. Cet être immonde, à cause de son avidité, aura provoqué tous ces malheurs, sans pour autant être inquiété.

Plus tard, ils prélevèrent leur salive et allèrent aussitôt porter les tests au laboratoire.

Le soir venu, Charles Edwin refusa de laisser partir les deux jeunes gens. Il leur proposa de rester dîner avec lui et leur offrit de les ramener en voiture après le repas. Ces derniers acceptèrent, appréciant la compagnie de Charles Edwin et se sentant très à l'aise avec lui.

À l'heure de l'apéritif, ils mirent la BBC pour écouter les informations. L'affaire faisait la une des journaux télévisés. On pouvait voir des policiers emmener le père d'Helen, qui essayait de dissimuler vainement son visage derrière la manche de son costume.

En le voyant, Charles Edwin eut un geste brusque :

- J'espère qu'il payera pour tout le mal qu'il a fait à Elisabeth, à notre fils, à sa propre fille… Mais ne vous inquiétez pas les enfants, demain, j'irai faire une déposition à la police moi aussi. Maintenant que le scandale éclate au grand jour et que les contacts de John Toots lui tournent le dos, je vais lui donner le coup de grâce…

Martin lui sourit. Charles continua :

- Et si les tests prouvent que tu es mon fils, je formulerai une demande officielle. Je contacterai un avocat afin de pouvoir légaliser cette paternité.

- Je suis impatient de connaître la vérité, acquiesça Martin.

La soirée se passa dans la bonne humeur, et malgré tous les événements, les deux jeunes gens rentrèrent heureux chez eux.

Les jours qui suivirent amenèrent d'autres révélations. John Toots avoua avoir fait interner sa femme pour l'empêcher de partir avec son amant.

De désespoir, cette dernière s'était suicidée lorsqu'elle avait appris qu'il avait abandonné le fils issu de cette union adultère. C'était l'enfant qu'il avait pourtant aimé et élevé jusqu'au jour où il avait découvert la vérité.

Il avait pris soin de laisser un mot dans le couffin, en l'abandonnant dans un magasin. Et pour être sûr que personne ne remonte jusqu'à lui, il y avait noté un prénom quelconque et une mauvaise date de naissance, exceptée l'année.

Maintenant, la requête de Charles Edwin était pratiquement fondée. Le juge décida alors d'ordonner des tests ADN.

Ils reçurent les résultats des premiers tests. Le jeune homme était bien le fils d'Elisabeth et de Charles.

La nouvelle réconforta Martin, mais le fit fondre en larmes. Tout ce temps perdu ! Et cette sœur qu'il avait touchée du bout du doigt et qui était morte. Cette mère dont il n'avait aucun souvenir et à laquelle il avait été privé.

Bientôt, la situation fut régularisée et Martin devint officiellement Harry Edwin. Il continua pourtant à se faire appeler Martin.

Les deux jeunes gens trouvèrent chacun un emploi à Londres et déménagèrent dans un appartement appartenant à Charles.

John Harods et son frère Steve furent condamnés respectivement à deux et quatre ans de prison, avec obligation de soins pour Steve. Quant aux autres membres de la famille, ils obtinrent des peines de prison avec sursis.

L'histoire fit grand bruit et les noms Harods et Toots furent bannis de la haute société. Leur fortune fut impactée. Ils perdirent toute influence. John Toots, notamment, fut refusé dans bien des clubs et se retrouva isolé.

Ann, Martin et Charles menèrent une vie harmonieuse malgré le temps perdu. Martin était heureux d'avoir pu connaître Helen, afin de la conserver dans sa mémoire.

Marie
La vérité
La Saint-Valentin
Prémonitions
Le terrible secret
L'histoire de Caroline Sillès
Petit itinéraire vers le bonheur
Un secret si bien gardé
Ma mère est une star
Je te rencontrerai
Destins croisés
La lettre

www.ingramcontent.com/pod-product-compliance
Lightning Source LLC
Chambersburg PA
CBHW052038150726
48002CB00002B/655